塔之恋

周绍辰

塔之恋

刘凡 著

团结出版社
UNITY PRESS

图书在版编目（ＣＩＰ）数据

塔之恋 / 刘凡著 . -- 北京 : 团结出版社 , 2021.11
ISBN 978-7-5126-9183-4

Ⅰ . ①塔… Ⅱ . ①刘… Ⅲ . ①中篇小说—中国—当代
Ⅳ . ① I247.5

中国版本图书馆 CIP 数据核字 (2021) 第 191032 号

出　　版：团结出版社
　　　　　（北京市东城区东皇城根南街 84 号　邮编：100006）
电　　话：（010）65228880　65244790（出版社）
　　　　　（010）65238766　85113874　65133603（发行部）
　　　　　（010）65133603（邮购）
网　　址：http://www.tjpress.com
E-mail：zb65244790@vip.163.com
　　　　　tjcbsfxb@163.com（发行部邮购）
经　　销：全国新华书店
印　　装：三河市东方印刷有限公司

开　　本：145mm×210mm　32 开
印　　张：6.75
字　　数：191 千字
版　　次：2021 年 11 月　第 1 版
印　　次：2021 年 11 月　第 1 次印刷

书　　号：978-7-5126-9183-4
定　　价：66.00 元
　　　　　（版权所属，盗版必究）

故事发生在平均海拔 4000 米以上的塔什库尔干县，清清的塔合曼河边。那一年，15 岁的我，来到了这里。

　　多年以后，何斯淘拜大叔告诉我，组织上交给他一个特殊的任务，就是要保护、照顾好这个小男孩。

　　在极端恶劣的生活环境中，我活了下来，没有想到的是，我那曲折浪漫、真实凄美、没有结局的初恋，朦胧中的爱，就发生在这里。

一

活过来了。这是我一生中最庆幸、最不可思议的事。

20 世纪 60 年代初，中国发生了严重的自然灾害，也是全国最困难的时期，内地一大批人开始了"盲目流动"，其中有很多人来到了新疆。我成为大军的一员，一人来到了塔什库尔干县。

没想到，由于严重的高原反应，我晕倒了，在县人民医院躺了五天五夜，没睁眼。大夫说，这巴郎子恐怕是不行了，准备后事吧。

何斯淘拜让家人为我准备"天葬"，让亡者不灭的灵魂同陈旧的躯体分离。只有谢佚名不甘心，他将脸颊紧紧地贴在我的胸口上，轻轻晃动，我那微弱间断的心跳，渐渐和他的晃动融为一体，他屏住了呼吸，让吊瓶的点滴和心脏的跳动同步。

突然，谢佚名长叹了一声，病床上的我慢慢睁开了双眼，他低声说，"活过来了！"

"这巴郎子命大啊！"何斯淘拜喜极而泣。

我有气无力地睁开双眼瞅了一眼，又无力地闭上了。

活下来了。巴掌大的一个小县城都知道一个奄奄一息的汉族巴郎子从鬼门关走了一遭，又死而复生，拥抱了塔什库尔干。这片神奇的土地总是上演着神奇的故事。

帕里旦端着一碗马奶子走进病房。

二

塔什库尔干县，地处祖国最西端，也是新疆西部的一个小县城，古丝绸之路的南道、中道都从这里穿过。这个神秘而遥远的边境小县，平均海拔 4000 米以上，雪山耸立。"塔什库尔干"是一个象征性的地名，得名于今塔什库尔干塔吉克自治县县城一侧的古城堡，即古石头城。"塔什库尔干"（石塔）的意思是古代商品交易的最方便的地方，它也曾是广大的中亚地区同遥远的东西方之间联系的重要通道。

塔合曼，塔吉克语，意为四面环山的盆地间，作为塔合曼河源头，它由高山冰川的积雪融化补给水，养育了河两岸的塔吉克族人民。

唐朝时期唐玄宗在这里设"葱岭守捉"，将此地作为国家边境的一处要塞。

塔什库尔干人精忠爱国，虽然远离中原故土，却一直坚守着祖国的边防，像热爱自己的眼睛和心脏一样，爱着我们的大中国，这里曾发生过许许多多伟大感人的事迹。

最令我兴奋的是，在塔什库尔干，曾多次发现玄奘的足迹。这位伟大的唐朝高僧，在历尽艰辛赴古印度取经求法时曾途经此处。

西汉张骞也曾路过此处，当年那条著名的丝绸之路最重要的驿站就驻扎于此。

塔什库尔干县是一个山区县，这里群峰环绕，高耸入云，到处是险峻的沟壑山谷和耀眼的冰峰雪岭，地貌结构十分复杂。

东南方有海拔 8611 米的世界第二高峰的乔戈里昂首挺立，北面与素有"万山之祖"美称的慕士塔格峰（海拔 7546 米）遥遥相望，塔吉克族民间关于这两座山峰流传着优美而神秘的传说，泽拉甫香河和塔什库尔干河将帕米尔山上清冽的雪水引向世界最长的内陆河——塔里木河。

一位到过塔县的西方学者曾感叹，这里的神秘令人向往，一半是雪峰，一半是高原，和德国阿尔卑斯山区、巴戈利亚高原那么相似，而行走在街道上的塔吉克族人和日耳曼族人也是那么的相似，他们都像油画般印刻在这座小县城。老鹰是他们的图腾，石头城是他们的名片。

塔吉克的女性拥有大眼睛、高鼻梁、白皮肤、身材高挑，长相特别出众，再搭配上一身塔吉克族色彩丰富且艳丽的连衣裙，真是明艳动人。

雄鹰在翱翔，与雪山为伴，与冰封为舞。

塔什库尔干还真是令人向往的地方。

三

我平躺在草地上，身边不远处散落着十几只羊，"咩咩咩"地叫唤着。这儿的气候变化无常，头天还是阳光高照，第二天就是风雪来临。

就在前几天，我经历了一次暴风雪。夜半，从地窝子走出来，打算去撒尿，立刻感到一种透彻骨髓的冰冷，尿出来的尿水随即结成了一条抛弧线形的"冰棍儿"，我将随手拿着的羊鞭，对着"冰棍儿"一敲，冰棍儿居然断掉了。我跑回地窝子，浑身发抖，索性穿着棉衣睡，感觉更冷了，手脚也冰凉，于是站起来，在地窝子里跺脚。从小在南方长大，零下三四十摄氏度的气温，让我不堪忍受。

后来是何斯淘拜大叔告诉我，睡前炉火烧旺些，光着身子睡，盖上山羊皮大衣，虽骚味儿重，但可以驱寒。于是我每天光着身子睡。每当这个时候，我好想有面镜子，希望能看清自己逐渐壮实的身体。

暴风雪走了，太阳挂在山顶上，据说这里离太阳很近。我将羊赶到坡坡上，享受阳光，享受紫外线带给自己的高原红。

坐在草地上眺望远山，看向天边。我是谁？仰望苍穹的双眼为何那样孤独？到新疆后，我突然失去了生活目标，曾经的幻想，已经影响到我现在的生活状态，走到人生的十字路口，我却迷茫了，未来的路如何走，能否找到让自己最开心最快乐的那条路呢？怎样让有限的生命活出无限的价值？我问自己、问雪山、问苍天。没有找到答案。伴着我的，也不过是雪峰、羊群和草场，还有那日复一日的忧伤。地窝子门口常有一瓶马奶子和几个馕，这已经够我吃几天的了。是谁送来的？为什么如此照顾我？一定是当地的农牧民，他们用这看似平常却不易获取的生活必需品帮我安心，鼓励我面对此刻的艰难。

一天，在坡坡草地上放羊的我，听到了由远而近传来的歌声《古丽碧塔》。我一骨碌从草地上坐起来，抬眼望去。

一匹棕色的马儿悠悠而来，马儿怎么唱出了歌声？马背上坐着一位姑娘，穿着民族服装，衣裙被风吹得鼓鼓的。歌声从马背上传出，她从我身边走过，并没有正眼瞧我，只是用余光扫了我一眼。

我猛地站起来，傻傻地看着马背上的姑娘，不知不觉跟在马儿后面，随着歌声慢慢远去。

风景秀丽的金银滩草地，清清的塔合曼河就流经这里，对面就是海拔4250米高耸的塔峰雪山。

在一顶毡房边，姑娘下了马，我也停止了脚步。

姑娘：巴郎子（小男孩），你为什么跟着我？

我：我是被你的歌声带来的。

姑娘：啊！喜欢吗？

我：喜欢。

姑娘：你坐下，稍等。

我很听话地坐在草地上，姑娘进了毡房，不一会儿，身着鲜艳红裙子的姑娘出现在我面前。

姑娘在我面前跳起舞来，我神思恍惚，莫不是仙女下凡，一下子热血沸腾。一曲《古丽碧塔》的旋律伴着舞蹈，我听得如痴如醉，把手掌心都拍红了。

姑娘：喜欢这个舞蹈吗？

我：喜欢，太喜欢了！你怎么这么快乐呢？

姑娘：生活就应该这样，难道你不快乐吗？

我：我不快乐。

姑娘：为什么呀？

我：我很迷茫，不知道明天在哪里。

姑娘：那你唱歌跳舞呀！

我：那样就能快乐吗？

姑娘：当然了，因为歌里的世界是最美好的呀，歌声可以让我们忘记所有的烦恼，生活并非只有一条路，今天我们就要快快乐乐的。你快乐了，你身边的人也会快乐，这样不好吗？！

听姑娘这么一说，我还真感到羞愧。看到她眼中闪耀的星星，我黯淡无神的双眼不由得泛起一丝光亮。

这段时间以来，我一直处在自己的困境中，迷失了方向，迷失了自己，我问苍天，没有答案，我感到自己活着，却在这个世界没有任何回响。

此刻，姑娘的歌声好像叩开了我的心扉，她的舞蹈好像唤醒了我的身体，这一刻，我真的觉得自己是活着的。

我：谢谢你！也许我会找到使自己快乐的理由。我要像你一样乐观面对生活。

姑娘：你真会说话。

我：是的，是这样的。

其实，就在昨天晚上，我做了一个梦，在那宽广无边的草原上，我遇上一位美丽的姑娘，她的歌声和舞蹈使我的心灵打开，灵魂得到启迪，连血液都开始沸腾。

今天我就遇到了梦中的姑娘，难道这就是梦想成真？

我心中开始荡漾了，一种莫名的兴奋从心底油然而生。

我想起在一本书上读过的一位哲人说的话："挡住人们视线的、迷失人们心智的、阻碍人们前进的，往往是生活中的一小片树叶、一小点疙瘩、一小步坎坷！"

我隐约感觉步入了仙境，此时俨然已忘了自己还只是个牧羊人。

　　昨日已是山穷水尽疑无路，今日柳暗花明又一村。真可谓走一段路，欣赏一路风景，感受岁月最美的龙脑沉香。

　　仍然陶醉在歌舞中的我鼓起勇气请求姑娘：能再来一次吗?

　　看着我真诚期盼的眼神，姑娘说，好，我再给你表演一次。

　　《古丽碧塔》的歌声又一次响起，姑娘再次翩翩起舞，在明快动人的歌声中，姑娘明媚的笑容和婀娜的身姿快要将我融化了。

　　我：音乐太神奇了，舞蹈太美了，我震撼了。

　　姑娘：可不是吗，我母亲也是这么说的。歌舞会把我们带到遥远广阔的地方，远到天的那一边。这段舞蹈是我母亲编排并教会我的。

　　姑娘请我进毡房。

　　姑娘：你叫什么名字?

我：我叫徐南。

姑娘：住哪儿呀？

我：就住在石头城下不远的一个地窝子里。

姑娘：家里还有谁呀？

我：就我一人，我是从口里（内地）来的，每天陪伴我的就这十几只羊。

姑娘望着我：噢！你也是"盲流"？啊，对了，我好像听父亲讲过你的故事，如果故事中的主人公真是你，那就太了不起了！

我：我现在就是个牧羊人，做个平凡的牧羊人也挺好的，只是有一点点寂寞。

因家庭出身的缘故，我内心一直在煎熬、撕裂，我不知如何打开人生的局面。我也曾愤怒过，怨天尤人过，但更多的是与无情的命运搏斗的困苦和不知未来在哪儿的焦虑。

我继续说道：今天遇到了你，你对生活的态度，让我豁然开朗。

姑娘：我没你说的那么好，有时也挺不讲道理的。

我是刚转场过来，一不小心成了你的邻居，哈哈哈。

姑娘忘记了她的眼睛会说话。

她的笑声沁入我心里，一切来得太突然了，我试图藏起情绪，竟不敢抬头看她，只低声说："天色不早了，羊还等着我呢。"

我掀开毡房紧张地逃了出去，突然回头大声说："我明天还在这放羊。"

姑娘跟着走出毡房，望着渐渐走远的我。

晚上，我光着身子躺在床上，兴奋得睡不着。脑海里反复出现姑娘的歌声、姑娘的舞蹈，姑娘的笑容。突然觉得自己就是个懦夫，只身一人背井离乡来到塔什库尔干，因为环境恶劣、条件艰苦我就抑郁了。

而今天看到的这位姑娘，她那么单纯、那么乐观，那么热爱生活，我一个堂堂男子汉为什么还不如一个姑娘呢！

心灵的另一扇窗户突然被打开。月光洒进地窝子，心里明亮了起来。想着想着，我突然坐起，浑身是劲，我猛地提起羊鞭，走到地窝子外，在月光下，一次又一次卖力地挥舞起羊鞭。鞭子"啪啪"地摔打着冰冷的大地，我仿佛听见了大地的颤抖。

汗珠从身体里冒了出来，我脱掉上衣，月亮高挂在夜空，月光照在我并不发达的胸肌上，我心中一片皎洁。

澄澈的天空，透出静谧的蓝，望着那轮皎月，我想着：要是奶奶在身边该有多好啊！

奶奶一手把我抚养成人，我忘不了，是奶奶牵着我的手，领着我丈量人生的道路。

或许奶奶当时已经知道了些什么。她对我说，去新疆吧，那里可以吃饱。

奶奶用她三寸金莲的小脚步行把我送到了汉口大智门火车站，送上了去新疆的火车，加入了"盲流"的大军中。奶奶说了，这次去新疆，好好学一门手艺，将来能养活自己。

记得小的时候奶奶曾带我去过汉口的"民众乐园"看杂技，其中有一个节目是皮鞭打报纸，这是一门民俗绝活儿，台上两位表演者，一人拿着长皮鞭，另一人站在几米外双手撑开报纸，只见，长皮鞭一挥，"啪"一声，另一人手中的报纸被抽打成两半。我当时惊得眼珠子都快蹦出来了。

没想到今天我也拥有了鞭子，我每天拿着羊鞭无所事事，为什么不把它当作技能去掌握呢？想到这里，我决心苦练，练出绝活。

天上的云朵时聚时散，我毫不在意。夜已经很深了，我捧起羊鞭，对着月亮深深地鞠了一躬，祈求月亮之神赐予我勇气、力量和信心！

第二天早上，我又如往日般坐在草地上，看着悠然吃草的十几只羊。等待着昨天的那位姑娘来到我面前。

姑娘的舞蹈和歌声，深深印在我脑海中。我突然觉得生活有了希望。我特别想像她一样，用美妙的歌声和笑容感受身边的世界，感染所有的人。

自从背井离乡踏上来新疆的路，我就好像一棵离开了泥土的孤草，漂泊无依。来到这儿后，我常常对天长叹，怨上天不公，甚至想过自暴自弃。但姑娘的出现，仿佛瞬间改变了我的人生。

她真的出现了！我翻身坐起，傻傻地看着她。

姑娘打量了我一眼，我才发现自己还光着上身，祈盼着高原红呢！我赶紧穿上衣服，连声说：对不起，不好意思，我刚刚在练习甩羊鞭，这不，身上还冒着热气呢。

姑娘并不在意，她挨着我坐下。

姑娘：每天真还在这儿放羊呀！

我倒显得拘束：是啊，放羊是我目前唯一的工作。

姑娘：你是哪儿的人呀，怎么一个人来到这里呢？

我：我是湖北人，为什么到这儿来，我也说不清楚。记得上初中的时候，班主任老师找到我说，"回去告诉家长，像你这样家庭出身不好的学生，能不能继续上学不好说，早做打算吧！"

姑娘：还有这样的事？

我：是的，这几年正是国家最困难的时期，我每天吃不饱，奶奶把能吃的都尽量省下来给我吃了。可是奶奶年纪大了，我要自己养活自己，我已经是男子汉了。

姑娘：你刚刚是在甩羊鞭吗？

我：对呀，就是在练习甩羊鞭，以后我希望能把它编成舞蹈。你能教我跳舞吗？

姑娘：当然可以呀！

我：能告诉我你的名字吗？

姑娘：我叫古丽。

我：很高兴认识你。在这个人生地不熟的地方，我终于认识了新朋友。

古丽：是的，融入到我们塔什库尔干的大家庭里来吧，就像这日夜流淌的塔合曼，生活就丰富多彩了。不过我说呀，在这儿放羊呢，如果能穿上我们的服装，赶羊时举起扬鞭，再吆喝几声，那就更有味道了。这样吧，过几天我回家拿一套我们的民族服装送给你。还有你的名字，我想想，就叫布鲁安吧，这可是我们民族最勇敢的男子汉的称呼。

我：好呀，以后我叫你古丽。

古丽：我叫你布鲁安。

"古丽"。

"布鲁安"。

两人开怀大笑。

笑完，古丽凝视着我的眼睛：

古丽：布鲁安！你已经是我们塔什库尔干的男子汉了，你要像真正的塔什库尔干人一样，勇敢、智慧、乐观！

我：你就是《古丽碧塔》中的古丽，美丽、温柔、善良。我一定努力成为真正的布鲁安，这样才能做你的朋友！

是啊，看似偶然的相遇，却在冥冥之中有如神助。我在绝望之谷中遇见了天使般的古丽，让迷茫和不知所措的我，看到了人生的方向。

命运的无常告诉我们，人与人之间都是有磁场的，古丽传递给我的是淡然从容，是圣洁。

……

几只旱獭窜出来，把羊群吓得咩咩直叫，我赶紧起身，把羊赶到一起，羊是集体财产，那可是一只也不能少的宝啊！

此后，我的羊和古丽的羊常在一起，为防止混淆，我用涂料将自己羊的尾部涂成蓝色。

身旁的古丽有些不解：你干嘛给它们涂上蓝色？

我：这不是怕咱们的羊混了吗？我的羊是集体的，你的羊是你们自己的，不能混为一谈。

我的一举一动，都透露着认真和诚实。古丽坐在草地上，看着我赶羊的样子咯咯咯笑个不停。

不一会儿，我又回到古丽的身边坐下了。

我：你说，这儿真的是离太阳最近的地方？

古丽：当然呀！我父亲就是这么说的。

我：所以我们的脸蛋儿都是红红的？

古丽：那是紫外线晒的。

我：那我明天开始光着膀子放羊，让紫外线将我晒得红红的。

古丽：还有，你得带我去你住的地方看看。

我：不行不行，我住的屋子太乱了，晨起，我连被子都没有叠。

古丽：我早料到了！这样吧，我去帮你收拾一次，以后就按照这个标准，每天必须达标。

我：为什么呀？

古丽：收拾屋子、整理床铺，虽然是生活中的小事，但你通过收拾整理，可以帮助我们清空负面情绪，干净整洁的环境也有助于我们建立起轻松乐观的生活态度，记住，每天用半个小时完成这些小事。

我不情愿，但仍旧答应。

古丽：我会随时检查你屋子收拾的情况的，否则……

我：否则怎么啦？

古丽：我不教你跳舞了。

哈哈哈，又是一串朗朗的笑声。

一位哲人曾经说："无论你遇见谁，他都是对的人，无论发生什么事，那都是应该发生的事。"

草原天路的前面，通往塔峰雪山，牧草如茵，音乐和歌声，连接起两个年轻人的信任。

四

大自然的每一处都是美妙绝伦的。在雪域高原，在金银滩草地，牧羊人布鲁安、美丽的姑娘古丽，就在这诗情画意的地方，开始了他俩的舞蹈之旅。

羊儿还在坡坡上吃草。

古丽在草地上教布鲁安跳舞，这个舞蹈的名叫《鹰之舞》，是一男一女的双人舞，要求男舞者动作舒展，女舞者身姿柔美，配合默契。难度很大。

古丽耐心地指导着布鲁安，一遍又一遍地示范，一遍又一遍纠正他的每一个动作。不得不说古丽是一名很好的舞蹈老师，当然，布鲁安也算是一名优秀的学生。一招一式学得十分认真，每一个动作都有模有样。

这舞蹈是古丽母亲帕里旦精心创作的。在反复地练习中，古丽和布鲁安的默契程度也慢慢达到了理想的状态。

古丽：记住，你就如塔什库尔干的雄鹰。

布鲁安：嗯，那你就是帕米尔高原的雪莲，我俩成为《鹰之舞》最好的舞伴。

日复一日，布鲁安和古丽就这样坚持不懈地练习着。

一天，羊儿还在坡坡草地上吃草，布鲁安和古丽又开始了舞蹈练习，心中的音乐响起来，"茵茵绿草醉，拳拳心柔碎"，羊儿都成为观众了。

一只雄鹰在草地上空俯视，站在旁边观察已久的谢佚名鼓掌来到他俩的面前。

"从舞蹈艺术，特别是舞蹈编排、设计上可以说是一流水准，有着浓浓的塔吉克族味道。但从舞蹈的配合，特别是男舞者对鹰的动作模仿，还可以更精进。首先是男舞者要了解鹰，了解雄鹰飞翔时的态势，这就要求男舞者平日里仔细观察雄鹰。在我们塔什库尔干，可是每天都能见到雄鹰飞翔，刚才不就有只雄鹰在翱翔吗？可以好好地观察比对一下，比如说，做雄鹰展翅的动作，男孩的手还可以抬得更高一点，呈老鹰翱翔的态势。"谢佚名认真点评起来。

如此专业的点评，不得不令布鲁安叹服。

他是谁呀？布鲁安低声问古丽。

古丽：他可是咱塔什库尔干县的大智者，武汉大学哲学系高才生，古今中外，无所不知，特别是对塔什库尔干人文地理的研究，他比我们这些地道的塔什库尔干人了解得更多。

布鲁安：啊，这么厉害呀！

古丽：可不，他也是我们塔县目前唯一的"专业"中医呢！

布鲁安：真的呀！

古丽：他还是你的救命恩人呢！

布鲁安：是吗？

古丽：你刚上山那会儿，五天五夜不省人事，都准备给你"天葬"呢，他没有放弃，用脸颊贴在你的心窝上，静静听你的心跳，直到你睁开眼睛的那一刻。

布鲁安听到这儿，对谢佚名双手抱拳，鞠躬："恩人"！

谢佚名也双手抱拳："使不得，使不得，我只是略施小计而已。"

布鲁安更惊讶了。

谢佚名说，那天表面上我是在听你微弱的心跳，实际上是用脸颊，轻轻地有节奏地为你心脏在按摩。

布鲁安更是感动，望着满脸皱纹布满高原红的老头儿，低声问："你是什么时候到这儿来的？"

谢佚名爽朗而笑，"那是军事机密呀"！

布鲁安：你是间谍？

谢佚名：真是那样就好啰。那我问你，你什么时候来这儿的？

布鲁安：刚来不久。

谢佚名：你为什么到这里来？

布鲁安：不知道呀！

谢佚名：这儿安全。

布鲁安：那你到这儿来，也是因为这里安全？

谢佚名：聪明，塔什库尔干县一般人是进不来的，需要边境证，无论外面秩序有多乱，没边境证，谁也来不了这儿。

谢佚名："自古人生何其乐，偷得浮生半日闲。"
这是一种生活态度。

仅这一句话就如醍醐灌顶般，让布鲁安清醒。

选择"盲流"到塔什库尔干县，是谢佚名深思熟虑的结果。他了解中国国情。

古丽：我们县里的人都从不问他从哪儿来，只知道他也是"盲流"到我们塔什库尔干县的，他有学问，会中医，把脉、针灸，还有拔火罐什么的，样样精通。目前，他还研究中草药煎的预防高原病的"神仙汤"。所以大家都敬重他。他常来我家，给我母亲看病。我母亲可信他呢，他用的艾灸，据说是他师傅教他的，源于道家的一种养生保健灸法，借助艾火循经，推动内气循行，打通大小周天，以整体带局部，达到治疗的目的。而我呢，崇敬他，喜欢听他讲故事。他肚里有好多故事，记得有一次他问我，苏东坡有首千古名句"但愿人长久，千里共婵娟"是什么意思？我不假思索地说，这不明摆着吗？这是恋人之间的思念呀！他笑着说，你呀，千万别想当然，这首诗其实是表达了苏东坡和他的兄弟苏辙间数年不见、远隔千里而互相牵挂的情感。他借景抒情，期盼两人都能长命百岁。他还说，中国古代诗词内容丰富，语言华丽，意境浪漫，有着很强的文学艺术表现力。如刚才那首苏东坡的名句，传承千年，一个重要的原因，就在于内容所表现的思辨性和哲理性。

古丽接着说：其实啊，我们塔什库尔干的民族同胞，最喜欢的是唱歌跳舞，可是他的到来，为我们开辟了另一个世界。我们几个年轻人都喜欢这个小老头，喜欢听他讲故事，增长知识。

古丽的介绍，让布鲁安对谢佚名肃然起敬。

谢佚名，原名叫谢飞，来新疆后他改成了谢佚名，这儿的人喜欢叫他小老头，其实他并不老，才四十多岁，湖南人。1957 年，他还是武汉大学大四的在读学生，在一次"大鸣大放"的会议上他提意见说，当前吃不饱是普遍现象，中央的粮食"三定"政策，反而让农民不能安心生产了。这一句话让他被划成了"右派"，以攻击中央 1955 年 3 月颁布的国家试行粮食"定产、定购、定销"为由，给他发了张武汉大学肄业证，发配到新疆伊犁下放劳动。

在经历了最初的错愕、惶恐和绝望之后，这名武汉大学的高才生开始面对不能改变的事实，他开始与自己和解，与环境和解。他将"不以物喜，不以己悲""忍难忍之忍，行难行之行"作为自己的人生箴言。

做一名塔什库尔干合格的中医，这是谢侠名下放到伊犁后为自己设计的一条新路。他要在这片土地上，将中医作为中华文化的瑰宝发扬光大。

当时伊犁地区有一名老中医，陕西人，叫曹仁新，是中医世家，有祖传秘方。是随王震将军从延安到新疆的，当时没什么人找他看病，但发配到此下放劳动的谢侠名几乎天天去见曹大夫，帮助曹大夫打扫卫生、烧水泡茶，各种活儿他都抢着干。闲暇时，拿着纸笔，就各种中医药问题向曹大夫请教，时时勤记，反复复习。他已经忘了自己是武汉大学哲学系的高才生了。

年轻、聪明、勤奋的谢侠名每日在曹大夫身边鞍前马后，虚心求教，俨然师徒。时间久了，曹大夫看上了谢佚名这个好苗子，决意收他为徒。

叩头，下跪，一番正式的拜师酒，谢佚名就成了曹大夫的关门弟子，从此可以更加心无旁骛地学中医了。

闲时，谢佚名拿自己做"实验"，让曹大夫在自己身上进行拔火罐、扎针灸、按摩等各种中医疗法，亲身体会病人的感觉。忙时，谢佚名当助手，细心观察曹大夫如何给病人看病，并做好笔记。

"人若善良，天必佑之"，这是谢佚名跟曹仁新大夫学到的真谛。曹仁新大夫说，在新疆行医必须熟识新疆道地药材的药性：如伊贝母、黄芪的有效成分为内地的同类品种的 2 至 4 倍，还有雪莲、蓬蒿、锁阳、肉苁蓉、红景天、罗布淋、驱虫斑鸠蒿、新疆一支蒿、紫草、新疆木通等，其疗效都与内地有所不同。

为了更准确地找到穴位。他从曹仁新大夫手中拿来两张中医穴位图，潜心钻研。作为曹仁新大夫的关门弟子，谢佚名不仅掌握了祖传秘方，还有中医的"十二正经，奇经八脉"经络生命观，从体质、气血津液、脏腑、五神藏，他牢记于心。

曹仁新大夫说，平和质、阳虚质、阴虚质、湿热质、气虚质、痰湿质、血瘀质、气郁质、特禀质，这是作为一名中医必须掌握的。

关于经络，曹仁新大夫教得更是具体了。

十二经络：手太阴肺经、千阳明大肠经、足阳明胃经、足太阴脾经、手少阴心经、手太阳小肠经、足太阳膀胱经、足少阴肾经、手厥阴心包经、手少阳三焦经、足少阳胆经、足厥阳肝经。

奇经八脉：任脉、督脉、冲脉、带脉、阴维脉、阳维脉、阴晓脉、阳晓脉。

还有非药物的治疗方法，推拿、刮痧、拔罐、针灸、耳豆、导引等，谢佚名也都有了一定了解及掌握。

在伊犁的这段时间里，谢佚名从中医的理论到实践，已经得到了曹仁新大夫的真传。

当然，买书是必不可少的，只要有关中医的书他无一例外地买回家。对《本草纲目》类似的医药学经典，他随身携带，反复研读。谢佚名文化功底扎实，记忆力好，自学能力强，他的医学诊治水平就这样突飞猛进，日胜一日。

又是一场大雪纷飞。我喜欢下雪的早晨，大地白茫茫一片，塔合曼河早已结冰，从冰上就可以走到河对岸，好像一切都可以重新开始。

"雪压枝头低，虽低不着泥。"我一个人跑出地窝子，迎着雪花，张开双臂，任凭雪花飘落在脸上，盖满全身。儿时我就特别喜欢雪，一直盼望能在雪地堆一个雪人，但老家的冬天很少下雪，无雪的寒冬，干冷清冽。来到塔什库尔干，这里的冬天足以圆我儿时的梦，满足年少的我对雪天的无限想象。

雪皑皑，野茫茫，我很快堆起雪人，兴奋极了，回到地窝子拿出胡萝卜和皮牙子，雪人的鼻子、眼睛、嘴巴都已经有了。

望着雪人，我后退两步欣赏自己的作品。雪让心更纯洁，带来更多的希望，雪的世界，一切都是美好的。

想到这儿，忽而心生暖意，寒冬总会过去的，美好一直都在。

古丽来了，她对我说，下雪了，母亲让她带几个馕饼。

古丽：哇，这是你堆的雪人呀！

她认真欣赏着我堆的雪人说：不错，不错，雪人堆得不错，特别是这个胡萝卜做的鼻子很有新意，如果在雪人上头顶再加上一顶帽子，那就更好了。不过雪人堆得憨态可掬，有点像你。

我笑了：是吗？你再尝尝我炖的羊汤吧。

其实，我早学会了炖羊汤，馕饼配羊汤，美得很。这就是"独自他乡思故乡，不似故乡，胜似故乡"。

前几天，古丽已经将她的帐篷移到离布鲁安的地窝子很近的地方，方便来往，互相照应。住这么近，开始布鲁安还顾虑重重，古丽倒也大大方方，二人虽情萌心动，但守礼守节。

说是羊汤，羊骨头已不知熬了多少次，仅有一星半点儿的羊肉味道而已。

古丽告诉布鲁安，她已拜谢佚名为师了。

布鲁安：那我也要拜他为师。

古丽：那可不行。

布鲁安：为什么？

古丽：因为我是你的老师呀！

又是一串银铃般的笑声。

布鲁安望着自信的古丽，不得不承认她还真可以做自己的老师了。

布鲁安呆呆地望着古丽，她虽是老干部的后代，在红色家风中从小耳濡目染，气质出众，相貌也出类拔萃，身上却没有任何傲慢和优越感。

古丽哈哈哈地笑着说：我告诉你，佚名老师教了我许多道理。现在我俩都是放羊的，但以后我们也可以开汽车、开火车、开飞机呢，未来，谁又知道呢？"路漫漫其修远兮，吾将上下而求索"！这可是范仲淹的名句。

布鲁安：这也是佚名老师教的？

古丽：当然啦！这句诗的意思是，日子长远，艰难困苦和欢欣喜乐会接连不断，我们要学会接受和面对。

古丽拉着布鲁安走出地窝子，雪花仍在飞舞，几只老鹰正在天空中翱翔，都说风雪中的鹰是雄鹰。

布鲁安仰望天空中的雄鹰，仔细揣摩舞蹈中的雄鹰的动作。

在佚名老师的鼓励下，布鲁安不仅将羊鞭舞出了华彩，舞蹈才华也展现得淋漓尽致！

古丽突然问：你听说过"鹰笛"吗？

布鲁安：是与鹰有关的笛吗？

古丽：当然，在我们塔什库尔干，鹰在临终前，会笔直冲向雪山撞击而亡。塔吉克人会拾取鹰隼的脊骨，制成鹰笛。笛声相当悲壮凄凉，鹰不仅是塔吉克族人的图腾，还是他们的象征。

啊！布鲁安浑身一颤，心中升起一股壮烈，似乎明白了雄鹰真正的含义。

晚上古丽拉着布鲁安一起去听佚名老师讲课。谢佚名的住处在县城最边边的一个角落里，出了他的屋子，也就出了县城了。

布鲁安：佚名老师……我……我想当您的学生，

不过我很笨，您愿意教我吗？

当古丽把布鲁安推荐给佚名老师时，布鲁安的呆憨引得谢佚名会心一笑。

谢佚名："布鲁安，我喜欢你，你的憨厚迟钝，实质却是谦恭诚实的表现，诚实，是一种高贵的品质。而做到诚实，需要真正的勇气。

"欢迎你的到来，布鲁安！你先坐下，我给大家讲一个关于'诚实'的故事。

"战国时期呀，处于弱势的秦国为了强国兴国，便任命商鞅开始变法。当时的秦国人呢，对于"变法"之事闻所未闻，心有疑虑。为了打消人们对于新法的疑虑呢，商鞅就派人在闹市南门立了一根三丈长的木头，并告诉人们，如果谁能够将此木头搬至北门，就可获得十金的奖赏。告示贴出之后，百姓们议论纷纷，都觉得不可信。搬一下木头，就赏十金，那也太容易了吧。于是谁也没有出手。

"于是商鞅又加码：谁能搬至北门，改赏五十金。后来，有一人抱着试试看的心态，搬走了木头，结果商鞅果真赏了他五十金。此时，人们才明白，官府说话算话，看来这次变法是要动真格了。

"于是这之后呀，商鞅就颁布了一系列法令，新法推行十年之后，秦国国力逐渐强盛，为后来秦始皇统一六国奠定了基础。

"这就是言出必行、言而有信的力量。一个国家能凭此强盛，那么一个人呢，更是能凭此而变得强大。"

布鲁安听了直点头。谢佚名接着说：

"历史上还有一个反面的例子，那就是周幽王烽火戏诸侯的故事。

"西周时期的最后一个王——周幽王即位时，西周已经国力衰竭，动荡不安。而周幽王呢，却是个荒淫无道的昏君。

"周幽王身边有一个美人褒姒，生得沉鱼落雁，却冷若冰霜，自进宫以来从来没有笑过一次。这个周幽王呢，竟然贴出悬赏布告：谁能博得褒姒一笑，就赏金千两。这时有个奸臣叫虢石父，想了一个馊主意，提议用烽火台一试。

"这个烽火呀，在古代本是敌人侵犯时的一种军事报警信号。西周为了防备北边的犬戎，修筑了 20 多座烽火台，每隔几里地就是一座。一旦发现犬戎的军队，首先发现的哨兵就立刻在台上点燃烽火，邻近烽火台看见了也相继点火，向附近的诸侯报警。诸侯见了烽火呢，就知道京城告急，天子有难了，便立即赶来救驾。

"昏庸的周幽王采纳了虢石父的建议，带着褒姒登上了骊山烽火台，命令守兵点燃烽火。一时间，狼烟四起，烽火冲天，各地诸侯一见警报，以为犬戎打过来了，就都带领兵马赶来救驾。但到了骊山脚下，连一个犬戎兵的影子也没见到，只听到山上一阵阵奏乐和唱歌的声音，一看是周幽王和褒姒高坐台上饮酒作乐。

"周幽王派人告诉他们说，辛苦了大家，这儿没什么事。诸侯们才知道被戏弄了，愤愤而回。褒姒见千军万马招之即来，挥之即去，如同儿戏一般，觉得十分好玩，禁不住嫣然一笑。周幽王就喜出望外。

"烽火戏诸侯就像狼来了一样，这种事情做多了呀，周幽王就变成了众叛亲离的孤家寡人。直到公元前 771

年，他的部将联合犬戎部队，进攻镐京。周幽王听到犬戎进攻的消息，急忙命令烽火台点燃烽火。烽火倒是烧起来了，可是诸侯们因上次受了愚弄，这次都不再理会。

"烽火台上白天冒着浓烟，夜里火光烛天，可就是没有一个救兵到来。西周就这样宣告灭亡了。

"君子当一言九鼎，周幽王却将军事命令视为儿戏，哪有不败的道理呢！这一败涂地，可就是亡国啊！"

听完谢佚名老师讲的"商鞅徙木立信"和周幽王"烽火戏诸侯"的故事，布鲁安真是觉得"听君一席话，胜读十年书"啊！

原来，诚实与否，于个人、于国家、于历史，有这么大的影响力。布鲁安暗暗下定决心一定要做一个诚实的人，做一个有骨气的人。

来到塔什库尔干，遇到了佚名老师，成为自己成长中的人生导师，也让他逐渐懂得了责任和担当，知道了不完美的人生才是真实的人生。

五

古丽和布鲁安已经成为朋友，她带着喜悦的心情回到家里，一进门就大声呼唤父亲、母亲，两位老人听到是古丽的声音，高兴地迎接她。

古丽：父亲，我这次转场来到的地方叫金银滩草地，就在塔合曼河边上，不远处就是耀眼的冰峰雪岭，草原天路前面就是塔峰雪山，虽然那里气候无常，但牧草丰盛，水量丰富。

何斯淘拜：咱家就那么点儿牲口，每天让它们散散心就行了，别跑太远。

古丽喜欢骑马，奔驰在草原上，喜欢扬鞭牧羊，喜欢无拘无束的生活。

她说：知道了，父亲，你说巧不巧，在金银滩草地见到了你上次给我讲过的那个汉族男孩，他叫徐南，我给他起了个我们民族的名字，叫布鲁安，还答应送一套我们民族的服装给他。我们在一起很快乐，一起放羊，他说他的羊是集体的，将羊尾涂成蓝色，说是以免混淆，你说有趣吧？他说他奶奶告诉他，到新疆后，要学会独立生存的能力，这样，不被恶劣的生存条件击垮，也就不会被人生道路上的"暴风雪"所击垮。我教他跳舞，就是母亲编排的《鹰之舞》，他可聪明了，虽然没有任何舞蹈基础，却天生自带节奏感，现在已经成为我的舞伴了。

见到父亲，古丽有说不完的话。

何斯淘拜：是吗，我女儿的舞伴一定要请他来家里喝奶茶。

古丽：好呀，可他说他家庭出身不好，不敢来。

何斯淘拜：家庭出身不好就不能到我家？这是什么道理！告诉你一个对外不能说的秘密，他刚到这里，上级领导就要求我照顾、保护好这个小男孩。

古丽：还有这样的事？

何斯淘拜：是啊，虽然不能告诉他真相，这是组织纪律，但我还真想见见他。刚上山那会儿，他在病床上躺了五天五夜，这孩子命真大啊，能成大事。作为老共产党员，既然上级领导有交代，我执行就是了。但我又能做什么呢？你母亲每次打馕饼，我们就多打几个，送给他，还有马奶子，常送几瓶给他，不就这点小事吗？

古丽：父亲，您真好，这些虽是小事，对于一个无助的男孩子可真是大事了，他会记住你的。

父女俩热火朝天地聊着，不一会儿，帕里旦叫父女俩吃饭了："拉面做好了，你们父女俩过来吃吧。每人一盘拉面，葱爆羊肉，鸡蛋炒西红柿，两个菜。"

"真香，还是母亲做得好，我就做不出这味道。"古丽边吃，边夸奖自己的母亲。

古丽吃完饭就赶回金银滩草地。

她敲开布鲁安的门：还没睡吧。

布鲁安：还没呢，快进来，今天天气好，一会儿我要趁着月光，甩羊鞭了。

古丽也没客气，进门后，就在他床边坐下：布鲁安，我回家了，把你的事跟我父亲讲了。

布鲁安：我的什么事？

古丽：你不是说自己家庭出身不好吗？

布鲁安：你父亲咋说的？

古丽：我父亲说呀，"把那个家庭出身不好的巴郎子领回来看看，我还真想他，从死亡线上被救活过来后，就没见到他了。"我父亲可担心你现在的状态呢。

布鲁安不好意思地低下头：拿我开玩笑了。

古丽：我父亲是认真的，过几天，你就跟我回趟家。

布鲁安：不敢，不敢。

古丽：有什么不敢的，正因为你的家庭出身不好，才要去我家接受再教育，我父亲呀，可是很早就参加革命的老干部。好了，我先走了，今天月光不错，你继续练习甩羊鞭吧。

月光聚焦在布鲁安一个人身上，羊鞭声声划破寂静的夜空，他挥动羊鞭，一次又一次打着摆在小凳子上的石头，汗水流淌全身，他索性光着膀子练习。

古丽回到毡房，拿了件披衣想给汗流浃背的布鲁安披在肩上，当她看着布鲁安光着脊背的上身，却远远地站住了。她没有走近，她不在意月光的聚焦，她愿意在无亮光的夜晚，静静地看着布鲁安。羊鞭声一次次敲击她的心扉，这是一种理直气壮的气势，羊鞭声声发泄着这曾抱怨过命运不公的男孩内心的挣扎，这个满世界寻找答案的男孩，就在羊鞭声中重拾人生，重拾自信。坚毅之人，悲时不言。

月亮已经悄悄藏到云朵里了，布鲁安也收起羊鞭回地窝子了，她依旧站在那里，静静的夜空下，她心中的布鲁安虽然还处在懵懂状态，但他的人生已经开始起航了。

这天，古丽十分愉悦地回到家：父亲，我把布鲁安带回来了，随着古丽的推门声，小屋的气氛热闹了。

布鲁安：叔叔好！阿帕依（婶）好！

何斯淘拜：快坐，快坐，你阿帕依腿脚不便，本来她这几天都是躺着的，知道今天你要来，她坚持坐在客厅里了。

布鲁安走到阿帕依旁边：您这是？

帕里旦：老毛病，风湿。

布鲁安：没治？

帕里旦：治啦，谢佚名老师常来这，这病拖得太久，拔火罐、针灸，还有艾灸这样的祖传法子都用上了。

布鲁安：阿帕依，我听说雪莲含有丰富的蛋白质和氨基酸，祛湿效果好，说不定对您的风湿性关节炎有帮助。

帕里旦：这个我也听说过，佚名老师都治不好的病，再好的补品也没用，年纪大了，腿不行，剩下半截就等入土了。

布鲁安：别这么说，您是舞蹈家，古丽舞跳得多好，她说都是您教的，她现在正教我呢，我还想得您真传呢！

何斯淘拜：布鲁安说得真好，本来呀，我还想对这个家庭出身不好的巴郎子进行再教育的，现在看，出身不由己，道路可选择。你还是有一定思想觉悟的。

布鲁安：叔过奖了，我来就是接受您再教育的。阿帕依，您的腿真的可以试一试雪莲。

帕里旦：那玩意儿金贵，到哪儿去整呀！

何斯淘拜：好了，布鲁安，过来，坐在我身边，接受革命干部的再教育。

布鲁安乖乖坐在何斯淘拜身边，听他讲过去那个年代经历的那些事情。

何斯淘拜：你的老家湖北黄冈，不仅有李时珍，还有一位叫陈潭秋的名人，你知道吗？

布鲁安：不知道。

何斯淘拜：你一定要知道啊！他是中国共产党的创始人之一，是伟大的无产阶级革命家，杰出的共产主义战士。我们更要铭记缅怀的是他牺牲在新疆。

布鲁安：大叔，快给我讲讲。

何斯淘拜：1942年9月17日，陈潭秋在迪化被捕，敌人对他软硬兼施，严刑审讯，逼迫他"脱党"交出共产党的组织，他始终大义凛然，坚贞不屈，视死如归，1943年9月27日，陈潭秋被秘密杀害于狱中，年仅47岁。一同牺牲的还有毛泽民、林基路和几位革命烈士。

何斯淘拜常常用陈潭秋烈士的故事教育年轻人，

他曾在八路军驻新疆办事处工作过，是一名忠诚的共产党员。虽然当时他仅是一名普通工作人员，但目睹了杀人魔王盛世才残忍反动的一面，也目睹了陈潭秋烈士们的坚贞不屈。其实，他心里有一个最大的秘密，他再次看了古丽一眼，然后对徐南说，信仰、信念、信心，任何时候都至关重要。他知道，现在徐南可能不太理解这些，但他必须了解革命成功的不易，上级领导将照顾保护徐南这一项特殊任务交给他，不仅是对他的信任，也是莫大的荣誉！今天，看到徐南精神面貌不错，身体已经恢复，感到十分欣慰。特别是看到古丽和徐南之间能愉快地交流，尤为高兴。

"'初心易得，始终难守。精神之源，代代相传。'陈潭秋烈士为了理想和信念慷慨赴死，靠的是信仰。年轻人一定要发扬继承革命光荣传统。"何斯淘拜语重心长地说。

布鲁安：我一定继承发扬革命先辈的光荣传统和大无畏革命精神。"勇挑重担，起而行之"。

何斯淘拜：是啊，陈潭秋牺牲的消息长时间不为人所知。直到 1945 年，党的第七次全国代表大会上，陈潭秋还被推选为中央委员。代表们没想到，陈潭秋早已在一年多前为革命事业牺牲了。

信仰，引领真诚，初心，烛照未来。

布鲁安：那他葬在什么地方呢？

何斯淘拜：就葬在乌鲁木齐南郊烈士陵园。

布鲁安：我一定要去叩拜这位革命先辈，做人就要做他那样的人。

何斯淘拜：你知道吗？陈潭秋 1935 年 8 月赴莫斯科参加共产国际第七次代表大会，入驻共产国际工作。1939 年回国，任中共中央驻新疆代表和八路军驻新疆办事处负责人，党中央对他是寄予厚望的。在那样的环境下，他对办事处全体同志说，无论形势多么险恶，斗争多么残酷，我们都要始终保持共产党人的坚贞气节和情操。

1942 年夏，盛世才公开投靠蒋介石，走上反革命的道路，党中央同意在新疆工作的共产党员全部撤离，陈潭秋把自己列入最后一批，并表示："只要还有一个同志，我就不能走"。

布鲁安感动地流下眼泪。

何斯淘拜：作为一名特殊的中共七大中央委员，陈潭秋虽无法见证中共七大召开的盛况，没有看到胜利的曙光，但他的革命精神代代相传。关于陈潭秋的故事还有很多，我以后慢慢给你讲。

何斯淘拜的讲述深深感动了布鲁安。布鲁安在心底对自己说：铭记历史，弘扬民族精神，要像陈潭秋烈士那样，不负时代，不负昭华，做一名有志气、有骨气、有底气的革命青年。想想自己，就应该像陈潭秋烈士那样坚定理想信念，坚定人生的奋斗目标！

布鲁安的眼里不禁含满了泪水。他看了古丽一眼，她眼中也有泪花。这个故事父亲讲了好多遍，今天感触格外深。她也望了布鲁安一眼，两颗年轻的心灵碰撞闪出了火花。

帕里旦烤羊肉串的手艺绝佳，满屋子尽是烤炙的肉香，这气氛能使人增加三分胃口。布鲁安也没客气，竟大口大口地吃了十多串。年轻真好，帕里旦看到布鲁安吃得这么香，心底里高兴。

回到地窝子，布鲁安不仅对何斯淘拜、帕里旦两位老人佩服有加，也对古丽肃然起敬。

她完全可以靠父辈的人脉和资源，在塔什库尔干生活得有模有样，实现不同于一般人的追求和抱负，可她依旧骑着马、唱着歌，依旧传承哈萨克族牧民的习俗，书写帕米尔高原在苦寒荒凉中的柔美诗。她，优雅的举止，温柔的眼神，和善的举止，令布鲁安在塔什库尔干找到了生活中的共鸣。

想到这些，想到年迈的奶奶，布鲁安"哇"的一声嚎啕大哭，他哭成了泪人，哭声让地窝子在抖动，哭声一次次荡入夜空，一次次坠入深渊。哭声传到很远很远的地方，连奶奶都听到了。

六

"腿不行啊，剩下半截就等入土了。"帕里旦这话深深刺痛了布鲁安的心，他想起奶奶说的，到新疆后，要懂得感恩，用感恩的心去面对。

古丽一早就来到地窝子，进门没看到布鲁安，只见整齐的床上留着一张纸条："我去塔峰雪山找雪莲。"

古丽夺门而出，沿着草原天路，向塔峰雪山山脚下跑去。

暴风雪已经突降，一时半会儿没有停下来的意思，狂风夹着雪花不停飘落，大地一片洁白，生命的气息仿佛已经凝固。

显然布鲁安不知道暴风雪将要来临。

古丽抱着从地窝子拿出来的山羊皮大衣，远远地看到一辆毛驴车停在塔峰雪山山脚下，而布鲁安却躺在雪地里，厚厚的雪已经盖在他身上，他一身素白，成了雪人。

古丽飞奔过去："布鲁安！布鲁安！你这是怎么啦？"边说边拍打他身上的雪，布鲁安微微睁开眼睛，望着古丽，虚弱苍白的脸上露出些许得意的微笑，似乎要告诉古丽成功的喜悦。

经过好一阵子折腾，古丽扶着布鲁安勉强站起来，布鲁安配合古丽好不容易翻身上了毛驴车。

原来，布鲁安凌晨就沿着草原天路，去塔峰雪山找雪莲，塔峰雪山顶峰常年积雪，气候寒冷，这里群峰环绕，高耸入云。

布鲁安判断，这塔峰雪山上一定有雪莲。布鲁安和古丽放羊时，常常望着这一座座山，一座座山峰，当时布鲁安就想，总有一天自己会爬上去的。

没想到古丽母亲的病，让他下决心提前登山了。布鲁安问过佚名老师，佚名老师说，雪莲能在零下几十摄氏度的严寒中和空气稀薄的缺氧环境中傲霜斗雪，顽强生长。

这几天布鲁安晚饭后都在观察天气，终于等到了不错的天气，天空中没有了往日的浓云，晚风吹走了往日的雾气，向雪山望去，一片通透。

凌晨一点多，他踏着月光出发，目的地就是他再熟悉不过的塔峰雪山。他沿着草原天路由东向西，吆喝着毛驴车，一路小跑，他心里只有阿帕依，只有阿帕依站起来都困难的双腿，他心里只有一个想法，一定要找到雪莲。月光淡下去了，由明转暗，他还有手电筒，幸运的是他找到雪莲了。

突降的暴风雪，让布鲁安从半山上滚了下来。古丽心里又急又气，气象台已经预报，今夜要来暴风雪，难道你没有听见吗？古丽突然懊恼，地窝子是听不到县广播站广播的呀，为什么昨天不提前通知他呢？

看着躺在毛驴车上的布鲁安，古丽心急如焚。泪水滴在布鲁安脸颊上，淌在古丽心里。

古丽含泪：你怎么就这样傻呢？！

突然暴雪骤降，这是布鲁安没想到的。恶劣的天气考验着两个青年人的意志。布鲁安的帽子已经冻得摘不下来，古丽将厚重的山羊皮大衣盖在布鲁安身上，用雪不停地搓着布鲁安的脸和手。在雪箭风刀里，在毛驴车上，她将布鲁安紧紧抱着，不一会儿，就成了两个雪人。

老天似乎还在开玩笑，两个雪人难道要成为冰雕吗？驴车穿行于雪海茫茫中，毛驴很听话，不需吆喝指挥，它知道回家的路，向地窝子缓慢前行。

驴车一路颠簸打滑，一股巨大的冷意袭来，布鲁安也醒了，古丽叫停了驴车："布鲁安，我们下车活动一下，要不你去撒个尿。"

古丽扶着他下车，他的双腿像两根木棍一样杵在那儿。古丽转过身去，冻得直跺脚。

过了一会儿，布鲁安说：我尿不出来啊。

古丽：尿不出来也得尿。

布鲁安：我实在是尿不出来啊。

古丽：那就上车吧。

老天爷就这么安排了这一场惊险。驴车到地窝子了，雪也停了，古丽搀扶着布鲁安走进地窝子，让他躺在床上。

古丽：你吓死我了。

布鲁安憨憨地笑了

古丽哭着说：你为什么要这样？为什么要这样？

布鲁安从胸前摸出一朵雪莲花，捧给古丽，古丽的泪水哗哗流淌流淌。

古丽：你知道你这是不要命了吗？

布鲁安：我真不知道今天会突降暴风雪，也幸亏我凌晨就出发了，你也及时赶到。我只想为阿帕依做点事，阿帕依是多么不容易啊！在你那么小的时候，她带你从北疆的昭苏，走夏塔古道，翻越天山来南疆，到塔什库尔干，历经千难万险，她现在躺在床上，我怎么能不管呢？！

古丽扑在布鲁安身上，一朵乌云透过地窝子遮掩住她弓下的身影。

古丽：你为什么不把这些话跟我说呢，我们一起商量，一起想办法啊！你怎么能一个人这么干！？我要是晚来一阵子，你不就在这冰天雪地里冻死了？你务必记住，以后不管天大的事，必须先跟我说，咱们一起商量一起去面对。

地窝子很快烧热了，古丽用毛巾擦拭布鲁安的伤口，用雪揉搓他的脚和手。

两个年轻人真诚地信任彼此，学会与岁月和解，顺着岁月行走。在冰天雪地里，古丽温柔地伸出了手，他俩读懂的语言都从眼神里流露出来。

夜幕降临，茫茫的黑色吞没了地窝子，但吞没不了两个人的表情。

又过了几天，布鲁安忍着疼痛，执意亲自将雪莲送到帕里旦手里。他要做一个懂得感恩的人。古丽的这位英雄母亲，值得他去付出。

帕里旦接过雪莲：这么金贵的东西你怎么找到的？她抬头忽然说道：布鲁安你头上怎么啦？

布鲁安：阿帕依，没事，不小心摔的。

快让我看看怎么摔成这样？

布鲁安：您瞧，不碍事，都好了！

想到那夜突降的暴风雪，何斯淘拜明白了这雪莲怎么来的，布鲁安还真是个实诚可靠有担当的小伙子。

古丽：母亲你们歇着，我带布鲁安到石头城转转。

从何斯淘拜家到石头城两公里路程，两个年轻人走走聊聊就到了。塔什库尔干就一条街，这是一个晚上睡觉不用锁家门的县城。布鲁安第一次逛县城，街道两边的景色让他应接不暇，但仍然跟着古丽的脚步向前。

古丽：今天咱不逛街，时间紧，下次带你专门逛街，咱们直奔石头城。

布鲁安：好的。

石头城，位于万山之祖、万水之源，世界屋脊的帕米尔高原塔什库尔干县城边上。古丽不由自主拉上布鲁安的手，缓步爬上城墙。

石头城是古代丝绸之路必经之地，厚重的历史人文和浓郁的民俗风情融于一体。站在石头城远眺，气势磅礴的县城带来心灵的震撼，让他俩难掩涌动的欣喜。

在塔什库尔干县，每天看到的都是太阳升起、落下。塔什库尔干县高，所以离太阳很近；塔什库尔干县海拔高，所以离月亮也很近。

古丽向布鲁安讲述了发生在石头城美丽动人的爱情故事。

据说在公元 644 年，玄奘经过这里，发现十分突兀的山崖上有一座废弃的城堡，城堡由石头砌成，有的石块甚至有半间屋子那么大，墙面斑驳，城堡四周皆为险峻悬崖，乍一看像是一座驻军的堡垒。然而在后来几天接触到当地人后，玄奘才听说了关于这座城堡的故事。

原来，这座城堡一开始是一位汉家公主藏身的地方。

古丽："在塔什库尔干我们都知道这个传说。很久以前，西边的波斯国国王派遣使臣远赴汉地迎娶一位公主，当迎亲队伍敲敲打打经过这里时，发现前面两个部落在打仗，这种情况下肯定是不能再往前走了，但要往回走也不可能。使臣实在没有其他法子，只得先在此处驻扎下来，等前边停战再继续走。

"于是他们选择在一座孤峰上搭了个毡房。此后公主就住在悬崖上的大毡房里，而使臣和迎亲人马则住在了山下。至于公主的粮草，则每日由专门人员攀梯登崖送上。此外，使臣担心悬崖上的公主不够安全，特意派了几个卫兵轮流围着毡房巡逻，昼夜不停。当战火平息，大伙准备收拾东西继续上路时，发现公主怀孕了。这可了不得，公主一个金尊玉贵之躯，却还没见到丈夫就怀了孕，这事传出去波斯国国王和汉地王朝的脸面还要不要？届时怕整一个迎亲队伍都得掉脑袋。

"正在大家互相怀疑时，一片混乱中，公主的侍女突然开口了。她说：别互相指责猜忌了，这跟你们没关系，孩子是神的。之前每天正午时分，会有一位男子从太阳骑马下来和公主相会，这便有了孩子。

"于是，大家开始在悬崖上建起了宫殿，再以宫殿为中心，于三百多步外修建城墙，一座由石头砌起的城堡就这么诞生了。

"几个月后，公主诞下一个男孩，容貌艳丽，人们发现他既不像波斯人，也不像汉人，更相信了他是太阳神的孩子。因为母亲是汉地公主，父亲是太阳神，所以他的后代将自己称为"汉日天种"，意思是太阳神和汉人结合的后代。"

古丽用摄人心魄的语气，讲述完了这座城堡的传说。布鲁安听得很认真，用心在记。夕阳西下，天空出现了"火烧云"，太壮观了！朝霞不出门，晚霞行千里。明天又将是个好晴天。

年轻的两颗心，就是这样火热、真实、美好，而又无所畏惧！

七

湖北黄冈徐家坳村。

清晨小芹站在山坳的坳口，这是穿过山岭的通道，她泪流满面："满仓，你个酸菜鬼，搞得么名堂啊！（湖北当地话）不是说好了，秋收之后我俩订婚吗？你怎么跑了呢？"可她哪知道，今年的秋天，有收成吗？

满仓天没亮就走了，和霍林、金狗一起走的。临走前给母亲留下一封信："母亲，请原谅儿子的不孝，我决心当'盲流'去新疆了，听说那里地多人少，能混饱肚子。另外，请您告诉小芹，对不住她了，现在是自然灾害，全国都处在困难时期，我们的工地已经没有可干的活儿了，我决定出去闯闯，或许能找到养活自己的路子，安稳下来就回来接你们。"

霍林和金狗，这几年一直跟着满仓在工地上干活，他仁是铁杆兄弟。他们哥仁商量过，这次出门如果路上走散了，新疆喀什是最终目的地。

喀什是南疆最大的一座城市，历史上是著名的"安西四镇"之一。这里风景优美，自然资源丰富，东望塔里木盆地，西倚帕米尔高原。早在2100余年前，这里是丝绸之路中国段内南、北两道在西端的总汇点，具有"五口通八国，一路连欧亚"的地缘优势，是中国对西方经济文化交流的交通枢纽与门户之地，战略地位十分突出。

没想到的是，刚到郑州，一场大雨就把他们哥仨冲散了。满仓在寻找另外两个兄弟时，见路边一女子倒在下水沟旁，浑身湿透了。雨还在下，满仓二话不说，背起她送到附近卫生院。

经检查女子身上多处外伤，加之饥饿，昏迷不醒。满仓以为把人送到卫生院自己可以走了，但医生说，"你还不能走，是你把她背过来的，等她醒了，把事儿说清楚，交了费用你才能走"。

满仓满脸无奈，虽然担心他的另外两个兄弟，但眼前的这状况，他走不了，再说，救人一命胜过七级浮屠，他只能按医生说的办。于是，他像对待亲人一样，照顾着这位女病人，他懒得问她倒在路边的缘由，因为是在雨中遇见的，就叫她小雨。

小雨醒了，她哭诉着，身上的伤是被他男人打的，她那没用的男人没本事赚来吃的，却把气发泄在她身上。她已经两天没吃东西了，满仓赶紧到街上买了点吃的给她。见小雨含泪大口吃着，满仓不禁可怜起她来。

住了三天医院，满仓替小雨在卫生院结完账，然后对小雨说：我走了。

小雨：大哥，你要上哪儿去？

满仓：我还能上哪儿去啊？原本我们哥仨准备去新疆的，一场大雨，把我们哥仨冲散了，这不，遇见你了，我那俩兄弟也不知道去哪儿了，替你交完住院费，我连去新疆的火车票钱也不够了。只能边打工边寻另两个兄弟了。

小雨：大哥，能等我五天吗？不，三天，还在这卫生院门口，我把去新疆的火车票钱还给你。

满仓看着小雨认真的样子，目前自己处境也是十分无奈，他担心那俩兄弟，可囊中羞涩。

满仓：好吧，只能这样，三天后这儿见。

小雨含泪鞠躬，感谢救命恩人。

在郑州满仓找了份儿打零工的活儿，他无心满街转悠地找他俩兄弟，得先混饱肚子。

三天后的黄昏，他来了卫生院门口，一直等到漆黑，才见到小雨急匆匆的身影。

小雨：大哥，让你久等了，这是去新疆的火车票钱，你点点，看够不够，不过是两张票钱，我跟你走。

满仓：那可不行，我在老家说了一门媳妇。

小雨：我不是那个意思，俺是结过婚的人，俺比你大，你就叫俺姐。你是好人，你要去新疆，俺跟你一起去，这一路，俺照顾你，将来你结婚，俺操持。这不，路上吃的俺都带上了，放心，这钱是俺回娘家借的，今晚咱俩就在火车站候车室凑合一下，买明早的票，去新疆喀什，到大河沿下车就行了。

满仓惊叹地望着小雨，这位姐想得还真周全，他没有拒绝的理由。

小雨：带上姐吧，"盲流"路上还有个照应呢。

满仓点头：就这么的吧。

当时，郑州到大河沿的火车也是刚刚通车不久。小雨买了两张硬座票，他俩踏踏实实。不管到什么站，满仓都呼呼大睡，有小雨呢，他不操心。

一路上小雨照顾满仓，吃的，住的，全是小雨打点。小雨能干，满仓还真当上"甩手掌柜"，他只管出苦力，挣钱，两人像小两口互相照应，一路行走，目标喀什。

路上小雨从不提打她的那个男人，只管照顾好满仓，满仓也不让她外出打工，只用操持好俩人的生活就行了。

从河南郑州到新疆喀什，这一路走来，为了节约，他俩不管在哪儿都是开一间房，也不避嫌。他们之间的关系是纯洁的，双方恪守在郑州火车站候车室的承诺，从未有过肌肤接触。满仓每天回到屋子里都会有口热饭热汤吃，满仓打工的钱也毫无保留地交给小雨姐。时间久了小雨听不到满仓的呼噜声，还真睡不着。

他俩就这么走走停停。"盲流"的道路很艰辛，艰辛得他俩必须相依为命。"盲流"的道路很漫长，漫长的路上两人却很快乐。最终，他俩不仅顺利到了喀什，也顺利找到了霍林、金狗。

霍林：满仓哥，你终于来了啊，我们找你，我们等你，你跑哪儿去了？他看了一眼小雨：怎么还给我们带回一个嫂子。

满仓挥起拳头说：混蛋，这是我姐小雨，快叫姐。

霍林和金狗齐声叫：小雨姐！

满仓比他俩个头大，力气也大。这些年，他俩也都是跟着满仓在工地上干活。

霍林：满仓哥，前些天两位"盲流"告诉我，如果能去塔什库尔干县更好，那里人烟少，很容易混饱肚子，只是海拔太高了，一般人吃不消，还有就是那里是边境，要有通行证才可以上去。不过，满仓哥你放心，我们已经找到去塔什库尔干县的办法了。

满仓：好，虽然郑州的大雨把我们冲散了，但我们的兄弟情谊还在，你俩是我的好兄弟。去塔什库尔干县也是不错的选择，多跑跑，多看看。这几天我也用点时间，在喀什转转，寻寻适合我们能干的活儿。

霍林：那好，我俩先去，如果能站稳脚跟，一切安排妥当后，我再请你和小雨姐上来。

满仓看了小雨一眼说：行，就这么办。

当时去塔什库尔干县是需要边境通行证的，霍林胸有成竹，看来他在喀什打工的这段日子，好像长能耐了，已经结识了这方面的朋友。至于他怎么带着金狗上山的，满仓也没有多问。

霍林说：我和金狗现在住的地方，你们俩就凑合住吧。

见面的第一天，晚上哥仁就坐在大门外，讲述着"盲流"这些日子各自的遭遇。

小雨烧了一盆热水，将身子擦洗干净，屋子的床是个通铺床，她挨着墙边边上睡了。哥仁什么时候上床睡的，小雨也不知道。第二天一早，她醒了，哥仁还在呼呼大睡。

中午，霍林、金狗搭了辆便车上塔什库尔干了。开车的师傅叫常胜，他说自己经常跑这条线，给山上送些粮食等生活必需品，上山他喜欢捎上两个男人，路上万一遇上个泥石流什么的，还有个帮手。下山他喜欢带女的，那些有高原反应的待不下去的女人常坐他的车，路上也有个乐活。霍林向常胜打听塔什库尔干的一些基本情况，常胜说，只要你们能适应那里的高原反应，那还真是个不错的地方。

第二年开春，满仓带着小雨上了塔什库尔干县。他没想到的是，霍林、金狗不仅站稳了脚跟，还为满仓和小雨姐准备了一个地窝子。

初到时的高原反应，让满仓在地窝子躺了三天。第四天，满仓恢复了，可小雨还在头疼气短，一躺不起。

当满仓走出地窝子，只见霍林和金狗正在欺负一个小男孩儿，就是布鲁安。不仅语言难听，还动手动脚，看得出布鲁安并没有出手。布鲁安做人的底线是，任何人可以欺侮他，但绝不允许欺侮古丽。

"住手！"古丽大声喊道。

回头一看，美丽的古丽勇敢地站在面前，霍林和金狗被镇住了。

满仓很愤怒，想不到这俩小子用江湖那一套，他大声吼叫：你们两个巴马滴（湖北骂人话），跑这儿打码头。他对着霍林和金狗一阵猛打，"跪下，向小男孩儿道歉"！

这场戏剧性的风波过去了，古丽觉得满仓这个人还挺讲义气，了解了他们哥仨的实际情况后，她牵线搭桥，帮他哥仨在塔什库尔干县城找到了一个小的土建工程干活儿。

严重的高原反应，让小雨在塔什库尔干实在无法生活下去，吃什么吐什么，整日昏睡不醒。正好常胜来了，满仓托他带小雨下山看病，并安排好吃住。

"放心！"常胜满口答应，没提任何要求。

几个月后，满仓挣到钱了，他率霍林、金狗向口里的东南方向跪下："母亲，我们有饭吃了，这里叫馕，而且可以吃饱。昨天我们吃肉了，是羊肉，手抓羊肉。这里的农牧民待我们很好，只是海拔太高，不知道你和小芹能否适应。我们还想再挣点钱，明年秋天后，我接您和小芹一起过来，我和小芹要在这里成婚。"

小雨走后再也没消息了，直到第二年开春，常胜带来一封信交给满仓后，开车就走了。

满仓打开信，两行字映入眼帘：

满仓兄弟，真的好想你，可我回不了塔什库尔干县了，请原谅，多保重——小雨。

满仓看完信对霍林和金狗说：路上捡的小雨姐，给弄丢了。

或许这就是生活，当你想见一个人时，就是见不着，当你想做一件事情时，就是做不成。放下！下一次的遇见一定是对的选择。

这年秋天后，满仓要到大河沿去接小芹，小芹来信说，因为身体的原因，母亲这次不来了，等小芹回口里生娃，她就在家抱孙子。

满仓从塔什库尔干县坐车到莎车县，在一家路边小吃店，满仓要了一份拉条子，没想到小吃店店主是小雨姐。这次小雨紧紧地抱住了满仓，流泪了，"姐对不住你，没能在塔什库尔干陪你！"

莎车是喀什地区的一个县城，位于昆仑山北麓、帕米尔高原南缘，是一个以农业为主的人口大县。

满仓：小雨姐，这小吃店是你的？

小雨：你把姐做的拉条子吃掉，姐慢慢跟你说。

一碗拉条子，满仓很快就吃完了。

小雨开始说她的故事：还在河南老家时，村里人说我"克夫"，现在看来，还真是的，三年多，跟我有过肌肤关系的三个男人都死了。当初在村里，我家也算得上有钱的大户，我人长得漂亮，16岁就初中毕业了，算个文化人，上门提亲的人很多，可俺爹说，起码要找个城里人。20岁那年，俺爹真给俺找到一个城里的，算是个有文化的人，在一个学堂里教书，二十七八了，他从城里赶回俺村里，匆匆忙忙就结婚了，这是俺的第一个男人。人很温柔，也体贴。新婚后，他回到城里，可不到三个月，传来消息，他暴病死了。

第二个男人，我随他嫁到了城里。刚结婚，我就发现他不对劲，三天两头去医院，俺向医生打听才知道，他有严重的肝病，他隐瞒了病史与俺结婚，俺也只能躲着他。没几天他病重住院就再也回不了家了。有一天他溜出医院突然跑回来了，进门就想抱俺，俺说，你有肝病，会传染给俺的，他说这次就是要传染上你，一块儿见阎王。

他已经严重变态了，俺死活不从，任他百般殴打也不还手。他毕竟是病人，打着打着他没力气了，将俺推出门外，俺听见屋内一阵嚎叫，这时天空下起大雨，俺跌跌撞撞晕倒在路边，这不就遇见了你。你是好人，是俺恩人。等俺从医院回到家里，门锁着，男人已经死了，是卫生防疫站派人来火化的，那天他把俺赶出大门，自己也病死在地板上。

随你"盲流"到了新疆，每天住在一起，你却没对我起任何歪念，"盲流"这么多天，你尊重我，一口一个姐，俺也没亲你，因为你是好人，天底下最好的男人，俺尊重你，俺不能害你。俺俩跋山涉水，这一路虽苦，但俺的心灵得到了治愈与片刻的栖息，和你在一起俺内心是踏实和安稳的。

我们到了塔什库尔干，俺想这回算是安定，俺好好地伺候你，照顾你，等你娶了媳妇，俺帮你带孩子。

可严重的高原反应让俺待不下去了。是你让常胜带俺下山看病，他很尽心，帮我找医院住院，每天给俺弄吃的，照顾得十分周全。后来出院了，病好了，冬天也到了，俺无法上山寻你，他就张罗俺在莎车开了个路边小吃店。俺感激他，后来他说冬天了，不跑长途了，两天三天可以来看看俺，俺感恩他。他知道俺只是你姐，他说愿意跟俺好好过日子，平日里他对俺表现出了一个男人对女人的无微不至的体贴。什么做饭、洗碗，买点小玩意儿，逗俺玩，哄俺开心，直到有一天，他解开俺上衣的扣子，俺也就失去了最后一丝防线，失去了女人的一切，俺答应他了。

可冬天的一场车祸，他死了。缘分走到了终点，俺又把自己还给自己，来生不见、不欠、不念。俺悔，俺恨啊！三年多，三个男人都死了，相信没哪个男人敢娶我了，俺在这儿坚守，是为了等你，俺知道你会回老家娶媳妇的，你是俺兄弟，俺还想做你的姐啊。

小雨的一番话让满仓哑口无言。"小雨姐，我娶媳妇后，以后每年冬天我们都下山陪你住几天，还像我俩进疆那样。反正冬天山上又没什么活干，我还真想吃你做的拉条子，好吃"！

人这一生难忘，匆匆相遇均是缘分。

小雨：那好，俺还想再次去塔什库尔干呢。有人告诉我，第一次去，多数人往往会有高原反应，再去，就不会有高原反应，那俺可以天天给你做好吃的呢。

满仓：好呀，忘记告诉你了，我这次从山上下来，就是去大河沿接我的媳妇。

看来，满仓在塔什库尔干干得不错。

小雨：那好呀，接上媳妇，回来时，带她来俺这儿吃饭，热热乎乎送你俩上塔什库尔干。

满仓：好的，她一定会高兴的，在家我喜欢吃的，她都说好吃。

小雨深情地望着满仓，给了一个明确的眼神，突然觉得这辈子欠满仓太多了：要不今天别赶路了，住下，像"盲流"路上那样，让俺再听一次你的呼噜声。

满仓：不啦，谢谢小雨姐，你永远是我的好姐姐，我得赶路了，要不小芹到了大河沿，人生地不熟的，会着急的。

小雨靠在门框上，望着满仓的背影，泪水淌满了脸庞。

八

何斯淘拜夫妇心中有一个最大的秘密，古丽不是他俩的亲生女儿，古丽的亲生父母是汉族人，都是共产党员，父亲叫王健壮，母亲叫张云丽。

20世纪40年代初，王健壮在八路军驻新疆办事处工作，张云丽在迪化一所学校任音乐老师，结识了舞蹈家帕里旦（也是音乐老师），成为非常好的姐妹。帕里旦的丈夫就是何斯淘拜，当时他们两口子结婚不久，还没孩子，于是张云丽抱在怀里的小生命就被认作了帕里旦的干女儿。帕里旦给她起了个比鲜花还要美丽的名字：古丽。

1942年，盛世才背信弃义，抓捕共产党人。古丽的亲生父母已经做好随时牺牲的准备，被抓捕前夜，他们将女儿托付给帕里旦夫妇，给女儿留下了一个长命锁。并告诉他们，务必今晚离开迪化。

当晚，帕里旦夫妇抱着古丽匆匆离开了迪化，开始了颠沛流离的逃亡生活。第二天一早，王建壮、张云丽夫妇被抓捕。为了烈士的遗孤，为了这个汉族孩子，何斯淘拜夫妇终身未要自己的孩子。

他们计划先逃回老家伊犁霍城，然后再做打算，霍尔果斯惠远古城是回霍城的必经之路，何斯淘拜的妹妹玛依拉去年刚从老家嫁过来，丈夫叫哈里阿琪，何斯淘拜的大哥还在老家。他先将帕里旦和小古丽安顿在玛依拉家，接着就去老家霍城他大哥家。

霍城是一个以牧业为主的小县城，小古丽刚满月，按草原上的说法，有羊奶便可以养活娃，何斯淘拜告诉玛依拉，这娃是他和帕里旦的亲闺女，由于盛世才背叛信义，在八路军驻新疆办事处留守的工作人员都被抓了，他是被迫连夜逃出来的，所以，玛依拉非常理解。

有了小古丽，何斯淘拜和帕里旦内心是无比喜悦的，古丽不仅象征着革命同志间的信任，也是上苍送给夫妻俩最好的礼物。

玛依拉的丈夫前两天刚赶着羊群放牧去了，他们还没有孩子，玛依拉对小古丽更是疼爱。

二百多年前，惠远古城曾是新疆首府，清政府在这里设立伊犁将军，当时，是新疆最高军政长官。这里也是一座保存完整的清朝官邸，内有几座清代建筑和京式四合院，还有小巧的将军亭，威武的石狮……据说，何斯淘拜的先祖就是清朝派来援疆的士兵。仗打完了，留在这里，娶了当地的哈萨克族女子，代代相传，到了他们这一代也就成了地道的哈萨克族了。他们在这里保卫新疆，每一代都付出了一生的守望，留下的是对新疆这片土地深沉的眷念。

不几日，何斯淘拜从霍尔果斯匆匆赶回惠远古城，告诉帕里旦一个不好的消息：盛世才已派人从迪化来老家打探消息了。在八路军新疆办事处，虽然何斯淘拜只是一般普通的工作人员，也仅仅只是做些收发文件的工作，但在这次抓捕行动中，他为什么漏网了？关键是王健壮、张云丽夫妇的孩子也不见了。

何斯淘拜和帕里旦商量后对玛依拉说：我在八路军新疆办事处工作的领导陈潭秋、毛泽民、林基路等都被捕了，同时被捕的还有其他同志，我幸运逃脱了，敌人当然不会放过我。就目前的情况，我在老家已经不安全了，我打算立即去昭苏亲戚那儿躲些日子。

玛依拉：盛世才不得好死，连哥哥你这样的老实人也不放过，我真没想到你还在八路军新疆办事处工作过呢，共产党点燃了许多年轻人的希望，你能在那工作，我真为你骄傲！

何斯淘拜：共产党展现了新的革命风貌。在那里工作，点燃的都是为救国而熊熊燃烧的火焰。

玛依拉：哥，有什么交代尽管吩咐。

何斯淘拜：哥真有一事相求。

玛依拉：我们还客气什么？！

何斯淘拜：我想把小古丽先留在你这儿，等形势好转后，我就来接小古丽。

玛依拉：没问题，哥，小古丽很可爱，不哭不闹，我很喜欢她呢。

何斯淘拜：记住，小古丽是你的孩子，我和帕里旦从未来过你这儿。

玛依拉：知道了，小古丽是我女儿！

何斯淘拜：等哈里阿琪放牧回来后，也把这件事的来龙去脉告诉他，拜托了，我和你嫂子马上就出发了。

玛依拉：哥，路上小心，你放心好了，小古丽是我女儿，不过，过几年你们可别吃醋，保不准以后她跟我真成了母女，不要你们了。

何斯淘拜夫妇逃到昭苏，几经周折，才找到远房亲戚阿不都，他已是一名游击队小队长，在阿不都动员下，何斯淘拜也参加了游击队，成为一名光荣的游击队战士。那段时间，游击队发展壮大得很快，经统筹考虑，上级领导决定派阿不都、何斯淘拜等骨干到南疆去开展工作，于是何斯淘拜让帕里旦先回到玛依拉家，将小古丽接来。说真的，他也担心，小古丽大了还真不认帕里旦，更不认他这个父亲呢。

"爱子，教之以义务。"玛依拉对小古丽溺爱，但家教是严格的，特别是教了她许多关于哈萨克族的传说故事，让她从小就融入到哈萨克族大家庭中来，这对她的成长有非常重要的作用。当玛依拉陪帕里旦把一个健康活泼的小古丽交给何斯淘拜时，别提他多高兴了。

小古丽特别能言善道，父女之间的生疏很快消除，她对何斯淘拜讲：父亲，我知道你为什么这么久没来看我了。

何斯淘拜把小古丽放在小凳子上坐着：为什么呀？

小古丽说：母亲告诉我，你从小坚强，不惧严寒，所以爷爷就给你起了个非常好的名字。

"叫什么呀？"

"何斯淘拜。"小古丽读得很慢。

母亲告诉你是什么意思了吗？

小古丽：当然啦，母亲说"何斯淘"是冬季放牧的草原。

何斯淘拜：看来你母亲教了你不少知识呢。放牧的草原，后面加"拜"字呢？

小古丽不假思索：冬季平安呀！

何斯淘拜：所以呀，我在外放牧是平安的。

小古丽：当然啦，母亲出生在春季，叫帕里旦；姑姑出生在夏季，叫玛依拉；我出生在秋季，叫古丽；父亲出生在冬季，叫何斯淘拜。所以，我们家一年四季平安。

何斯淘拜高兴地说：你还知道什么呢？

我还知道苍狼与胡杨树的故事。

小古丽歪着头想了想，然后说：这个故事目前我还不太会，由母亲来讲吧，她再讲一遍，我就能记住啦。

帕里旦：好，我再讲一遍，这次你可要记住啊！传说呀，狼是哈萨克族的图腾之一，在哈萨克族神话中多次被提及。哈萨克族认为苍狼能保护人的灵魂和赐予平安，并且给予力量。狼是常在草原出没的群体动物，其凶猛又团结的形象被哈萨克族作为民族崇拜的来源。胡杨树是哈萨克族的神树，据说在天地创始之初，就是这棵神树撑起了天空。这样的神树也是生命之树，每片叶子都是一个人的灵魂，叶子会生长，也会掉落，就如同人世间的生命来来去去一般。

何斯淘拜：这个故事好，我们哈萨克民族不仅是马背上的民族，也是一个战斗的民族。小古丽，关于胡杨树，我可以补充一点吗？

古丽：当然可以啊！

何斯淘拜：胡杨是一种沙漠英雄树。是英雄，就值得我们敬仰。天地间屹立的是精神，不朽的是脊梁，最悲壮的是那片倒下的胡杨。

人们赞颂胡杨千年不死，死后千年不倒，倒下千年不朽，铮铮铁骨千年铸，不屈品质万年颂。我们赞颂胡杨这顽强的生命力，赞扬它为沙漠地区做出的巨大贡献。

小古丽：父亲，我记住了胡杨，它真是神树。父亲，我还想告诉你，姑姑和母亲还教我跳舞了呢。

何斯淘拜：真的呀！

小古丽开始翩翩起舞。在小古丽稚嫩婀娜的舞姿中，何斯淘拜落泪了。他想起了王健壮、张云丽夫妇。

我的战友啊，在天之灵安息吧！看看你们的女儿多聪明可爱呀。

小古丽到达昭苏不久后，何斯淘拜则在阿不都率领下，转战南疆。最近的路是穿越夏塔古道，那可是最艰难的古道。这次穿越，玛依拉坚持陪同，她说，夏塔古道难走，她和帕里旦两人带着小古丽，会轻松些。夏塔古道是集冰川、森林、草原湖泊、河流等为一体的古道。夏塔古道位于昭苏县西南部 70 公里处，在这里的峡谷中有一条古代伊犁至阿克苏的交通要道。由于峡谷内地形复杂，穿越这条峡谷非常危险。虽然是连接天山南北的捷径，但以险峻崎岖著名，一直延伸到冰山脚下。

夏塔古道，也叫夏塔峡谷，也被称之为"唐僧古道"，是古代丝绸之路上最为险峻的一条著名古隘道。它翻越天山主脊上海拔 3600 米的哈塔木孜达坂，全长 120 公里。

古道难，难于越天山。

为早日到南疆开辟新的根据地，阿不都、何斯淘拜必须抢时间，他们的骨干团队提前出发了，他们要快速地越过天山。

后援团队随后。帕里旦和玛依拉轮流背着小古丽艰难前行，阿不都的妻子阿里丹姆、儿子阿拜以及其他人员缓慢向前。他们的目的地是喀什。阿拜常牵着小古丽的手走上几步，两个小小的身影给团队带来了欢乐。新疆和平解放后，阿不都被任命为喀什地区副专员，何斯淘拜则到塔什库尔干任县委副书记。

古丽给何斯淘拜夫妇带来无比的幸福和欢乐，从小到大，古丽一直是他俩的掌上明珠。

小古丽美丽、青春、勇敢，这与她从小的家教不可分。在塔什库尔干，何斯淘拜的优秀革命品质深受当地农牧民的敬重，他到了退休年龄了，已经选好了接替者。他相信接替者会比他做得更好，会给农牧民带来更多福祉。

何斯淘拜一家选择留在塔什库尔干县。

多年以后，古丽常常会想起，小时候，她翻越了夏塔古道。那是一个艰难的年代，一路艰辛，但她很自豪，难忘的经历，永恒的记忆。

九

塔吉克族的婚俗由来已久，有着和这个民族一样长的历史。

清晨，古丽起了个大早，她拉着布鲁安来到县城，何斯淘拜的老朋友的儿子今天迎娶新娘，邀请他俩也参加婚礼。

二人刚赶到县城，长长的迎亲队伍就过来了。

塔吉克族的婚礼，别有情趣，常给人特有的美感。布鲁安和古丽一起挤到路边围观群众的最前面。

迎亲队伍过来了，好不热闹，只见男女同骑在一匹高大的马上，男在前，女在后。突然，古丽大声喊道：哎哟！布鲁安扭头一看，原来几个打扮古怪的男子正拖着古丽从人群中往外走。

放开！布鲁安大声吼道。

你是谁呀，敢管老子的事，上！领头的男子发令了。上来两个混混把布鲁安打倒在地。

这是一边倒的打斗，布鲁安被打得鼻青脸肿。

幸好围观婚礼的人很多，古丽的裙子被撕破，布鲁安脸被打伤，鼻子还流着血。

回到地窝子，布鲁安越想越气，今日所遭之事是他人生的一大耻辱，大庭广众之下，有人想欺侮古丽，他非但不能保护古丽，而且自己被打成这样，布鲁安心里窝火，他痛下决心要找个时机挽回自己的尊严。

第二天清晨，正在休息的布鲁安被羊叫声吵醒。

王八羔子，出来！

布鲁安提着羊鞭走出地窝子，羊鞭已经成为他随身携带的战斗武器，重拾尊严的时刻到了。

混混丙：我们刚杀了你的一只羊，现在冲你来了。

布鲁安：好大的胆子，羊可是集体的。

混混甲：你个放羊的，集体的羊又怎么样？我们已经杀了一只羊，现在是来教训你的，昨天你胆敢护着我们王头看中的姑娘。

混混乙：你也不用镜子照照，放羊的，你配吗？

混混甲：昨日人多，我们没有施展开手脚，今天就是专门来教训你的。

布鲁安：那要看我的羊鞭答不答应。

混混甲：你的羊鞭？笑话，我的拳头可以砸死你，在这个小县城，我们没有对手，实话告诉你，整个地区谁不知道我大哥。

布鲁安：几个大男人，欺侮一个女人，还到我羊倌面前撒野？

混混甲：你有种！

他回头看了看大哥，大哥使了个眼神。正在这时，古丽冲过来拦住布鲁安：

你们没王法了，我父亲是县上的老干部，我还正找你们呢，走，跟我到县公安局去，不准欺负布鲁安。

王头：好呀，我跟你去县公安局，看看谁敢动我，不过走之前，我们要教训教训这个小羊倌。上！

布鲁安：古丽，你让开，今天我要看看是谁教训谁。

说着布鲁安挥动羊鞭，啪啪啪……一鞭鞭稳准狠地打在几个混混身上，动作行云流水，潇洒地将这四个混混全部打倒在地。

男性荷尔蒙爆发，太有力量了。其实布鲁安刚举起羊鞭时，面对着眼前四个混混，心里还有些没谱。但当他一次又一次有节奏地挥动羊鞭，进而迸发出一种力量、一种洗清耻辱的力量。一鞭一个，没打他们的脸，也没打他们的前胸，鞭鞭打在混混的腿上，就是要让他们跪下趴下。

古丽现在才知道，布鲁安的羊鞭已经练得炉火纯青，可以指哪打哪，可以准确打倒瓶子，准确打在摆放的石头上。

看到躺在地上哎哟哎哟叫唤不停的四个混混，布鲁安仍不解气，对翻滚在地上的每人再加了两鞭。

古丽看傻了，竟蹦跳着鼓起掌：布鲁安，你是雄鹰，是我们塔什库尔干县真正的雄鹰！

你等着，你等着！王头率三个小混混狼狈地跑了。

滚！布鲁安怒吼！

布鲁安也是鼻青脸肿。那是昨天被打的，布鲁安的气正愁没地方发呢。古丽走到布鲁安身边，从布鲁安手上拿下羊鞭，她发现这根羊鞭是牛绳做的，看来布鲁安是有准备的。

塔什库尔干中午的阳光很辣，布鲁安头上的汗水滚下来，夹着滚烫的泪水。古丽用毛巾轻轻地擦着布鲁安脸上的泪水和身上的汗水。

古丽盯着布鲁安，面前的这个小伙子是她心中勇敢的雄鹰，雪域之鹰。

布鲁安一句话也没说，炯炯有神的双眼盯着前方。

在塔什库尔干，是容不下你们这些混混的。

谁都可以欺侮我，但不准欺侮古丽，这是我做人的信念。

没想到的是，第二天布鲁安被抓进拘留所。案由，打伤人。

原来那四个混混是做国际生意的倒爷，为首的叫王岭，他父亲是地区的一名干部，王岭欺行霸市，在喀什出了名。塔什库尔干县地处三国交界地，他们想到这里来碰碰运气倒倒货，碰上了婚礼，想凑热闹，没想到遇见古丽，眼见古丽如仙女下凡的气质，便起了歹心，没想到被小羊倌教训了一顿，皮开肉绽。这几年，王岭哪受过这等气，于是报了案，要求抓人并重判。

审讯室，警官：叫什么名？

布鲁安：布鲁安。

警官：住哪儿？

布鲁安：城南地窝子。

警官：职业？

布鲁安：放羊。

警官：怎么到塔什库尔干县来的。

布鲁安："盲流"。

警官：家庭出身。

布鲁安：家庭出身不好。

警官愣住了。

警官：你为什么打人？

布鲁安：他们先动手打我。

警官：就你一个人打倒他们四个人？

布鲁安：是的。

警官愣住了，这怎么可能，一个瘦弱男子，鼻青脸肿，面对膀大腰圆的四个大汉，还能取得如此战果。

警官：他们为什么打你？

布鲁安：他们欺侮我朋友古丽。

警官：古丽？

布鲁安：是古丽，她父亲是县上的老干部。

案情有点复杂了。

古丽把这两天发生的事一五一十给父亲讲了，并告诉父亲布鲁安被抓进拘留所了，请父亲务必想办法。

何斯淘拜气得心脏病都要发作了，他知道女儿受委屈了，布鲁安更是无辜的。何斯淘拜越想越生气。

我要找县领导，找地区领导，简直无法无天了！

古丽每天去拘留所，可一直进不去，好几天了，没有任何消息。这天突然接到拘留所通知，让她一早过来，古丽赶到拘留所，才知是让她来接布鲁安出拘留所。

怎么回事？

原来县公安局领导请示上级领导，最后得到的答复是立即放人，送医院治伤。拘留王岭四人，打死的羊赔款 200 元，写悔过书，保证以后不再挑事端。

事态发生了戏剧性变化。

医院里布鲁安在打吊针，何斯淘拜和古丽都在身旁。

古丽：醒了？

布鲁安：嗯，做了一个梦。

古丽：你真勇敢，用羊鞭把四个混混打趴下了。

布鲁安：我心里恨啊，他们想欺侮你，还杀了我的一只羊。谢谢何斯淘拜大叔，公安局不仅放了我，还给我治伤。

何斯淘拜：我虽找了县上的领导，但估计这个结果并不是我的能力能达到的。

布鲁安：公安局把我放出来了，他们再敢欺侮古丽，我一样用羊鞭狠劲抽他们。事情已经到了这一步了，我也不在意别人如何看自己了。

古丽：你太厉害了，你好勇敢啊，我喜欢看到你举起羊鞭那个样子，那才是真正挺直腰杆的顶天立地的男子汉。

布鲁安：过奖了，我只想做个简单的人，通过这件事，我想今后，一定挺直腰杆做人，做一名堂堂正正的羊倌。

听着布鲁安和古丽的聊天，何斯淘拜很欣慰，孩子们都大了，他们有自己的世界。

何斯淘拜：你俩慢慢聊，我先回家了，你母亲一个人在家呢。

送走父亲，古丽回到病房。

古丽：布鲁安，你不觉得这事有些奇怪吗？

布鲁安：有什么奇怪的，本来我们就是正义的。不过你这么一说，细想想，这件事是有点蹊跷。关了几天，什么也没说，把我又放了。

古丽：是呀。

布鲁安：管他呢，都这样了，放了我，我依然是我，当好羊倌，跟你学习舞蹈。

塔什库尔干真是磨砺英雄的好地方。

十

布鲁安教训混混的事，在塔什库尔干县传开了，大家都拍手叫好！

布鲁安丝毫没受外界舆论影响，依旧舞动羊鞭放着他的羊，他享受着放羊的生活。县城许多牧民跑到牧场，一睹布鲁安放羊的风采，特别是舞动羊鞭的画面，英姿飒爽。塔合曼河的潺潺流水清澈见底，金银滩草地成了牧民心目中的圣地，在这里，偶尔还能见到布鲁安和古丽的双人舞。

布鲁安依旧是平凡简单的布鲁安，他依旧躺在放羊的坡坡草地上。

这天，谢佚名找他来了，古丽也来了，三人席地而坐，羊鞭插在布鲁安身旁，颇有苏武牧羊的风范。

谢佚名：布鲁安一战成名啊！

布鲁安：佚名老师过奖了，我一忍再忍，可那几个混混依然要在我头顶上拉屎，特别是他们想欺侮古丽，这是我不能接受的，那只能回击了。

谢佚名：伟大领袖毛主席教导我们说，人不犯我，我不犯人，人若犯我，我必犯人。

布鲁安：任何敢欺侮古丽的人，我都会用羊鞭教训他。佚名老师，你看呀，我一直把甩羊鞭作为一个特殊的技能，没想到，关键时刻它竟成为战斗的武器。

布鲁安十分尊重佚名老师，遇到问题总是向他请教，可以说，在布鲁安的成长道路上，佚名老师是他最信任的导师了。

谢佚名：掌握技能，就是掌握了战斗的武器，而且是掌握了可进可退的战斗武器。

古丽静静地听着一老一少两个男人的对话。

谢佚名转身对古丽说：我发现布鲁安正在逐渐成熟。

古丽点点头。

谢佚名接着说：衡量一个成熟的男人，应该是善良、正义、有担当。

古丽又点点头，她能说什么呢？这不正是她心目中期许的人吗？

或许是古丽和布鲁安的故事感动了谢佚名，他说：你俩是我最信赖的学生，今天呀，我给你们讲一个故事，这个故事的主角是我。

古丽和布鲁安几乎是异口同声：太期待了。

谢佚名：我年轻的时候，还是武汉大学读书那会儿，在珞珈山，东湖边，也曾出手保护过一个女同学，可我被对手打败了，还被打到东湖里喝了几口水。为什么呢？因为我当时没有掌握一项能打倒对手的本领，我自身条件有限，也无法通过练格斗来提高这方面的技能。当时我就想，如何给自己定位，既然是要发挥自己的优势，我的优势是什么呢？是"笔"，笔是我的战斗武器。当我再次拿起笔，用我掌握的哲学思想，用我的信念、勇气和尊严，写出的文字就有了灵魂。很快我就成为学校一颗冉冉升起的"新星"。我用一篇篇兼具格局宏阔、视野高度、思想深度以及逻辑缜密的理论文章，很快赢得了广泛认同。当时，就有个女同学成为我的铁杆粉丝和追随者。

古丽好奇：真的呀，佚名老师。

"当然。"谢佚名说，"记得有一次她来看我，我们是八个人住在一个宿舍，我光着上身，顶着酷暑，奋笔疾书，武汉的夏天太热了。"

她把我叫出宿舍，我俩并肩走在校园内的樱花大道上，微风吹拂的感觉，多年后我还记忆犹新。

她：这么热的天还如此刻苦。

谢佚名：我忘不了上次出手救你时的惨败，要找回尊严，我必须苦炼内功。

她：最近你以"佚名"为笔名，在校刊上登的那些文章，在学校广为流传，也引起了同学们的热烈争议。从文章的风格来讲，我判断，"佚名"一定是你。

谢佚名：判断准确，我就是"佚名"，一个无名者。

她：我有一个女同学问我，知道佚名是谁吗？我回答说不知道，她说她好想认识佚名，并希望能成为佚名的女朋友。

谢佚名：凡是认同我观点的女生，一定是女汉子。

你可以告诉她，佚名的女朋友一定是女朋友，不是女汉子。

后来在学校的一次演讲中，我那追求者的女同学真见到了我，演讲刚完，她拿着演讲的海报让我签名，她说要珍藏，还说想做我的女朋友。

古丽：你答应了？

谢佚名：签名是一定要签的，要尊重对方，至于做女朋友嘛，我有自知之明。我心里已经有那个女同学了，足以让我自豪了。

后来我俩正式谈起了恋爱，在那个年代，相爱是要有勇气的。我突然感到，相爱是件多么美好的事，只存在决意奔赴彼此的心中。

她说对我，对她而言，首先，是仰慕我的才华。至于她与我之间的缘分，见一面就够了。

古丽：她也真了不起呀！

谢佚名：我按捺不住自己的激动，把刚发表的一篇作品寄给她了，她在我心中烙下的印痕太深太深了。

当时我们不在一个校区，我们渐渐开始了鸿雁传书，那些饱含情愫的书信，不仅加深了我们彼此的了解，两颗年轻的心越来越近，她说，她不好意思经常和我约会，但必须两三天给她写一封信，我同意了。

谢佚名转过头对布鲁安说：其实，每个人的人生都是不易的。

布鲁安：是的。

谢佚名：当时的我，还是太年轻，正当我沉醉于爱情的甜蜜时，离别也悄悄地向我走来。我说了几句不该说的话，被划成"右派"，发配到新疆伊犁下放劳动。面对这个飞来横祸，我一时蒙圈了。我认真思考，却无从思考。我想回避，却无法回避。但有一点可以肯定，不能连累她，她是无辜的。国家最困难的那几年，"盲流"已经成为当时的潮流，我决定当"盲流"，将自己说成是为讨生活而来，其实我下决心准备出发时，最困难的时期已经过去了，从伊犁"盲流"到了塔什库尔干。之所以选择这个地方，是因为这里是中国最偏远的地方。

古丽：佚名老师，你的决定太正确了，否则，我们还不认识呢！

谢佚名苦笑：其实呀，刚到伊犁，由于太在意别人如何看待自己，时常深陷于困顿之中。后来慢慢地想通了，既然别无选择，那就做一件自己想做的事，做一个对社会有益的人。现在看，选择学中医是明智之举。

跟着曹仁新大夫几年了，他说我达到了出师水平。那时，我对高原常见病的预防表现出十分兴趣。

一天，曹大夫问我，想干什么？

我说，想当"盲流"。

他说，"盲流"去高原？

我说，是的。

他说，支持我。

他了解我发配到新疆伊犁下放劳动的具体情况，他也说，就你个人而言，目前当"盲流"是最佳选择。他还说，不管你"盲流"到哪里，有困难随时找我。放心，我会为你保密的。

曹大夫就是谢佚名生命中的贵人。

谢佚名：你知道《本草纲目》的作者李时珍吗？

布鲁安：不太知道。

谢佚名：他是湖北蕲春人，这本书也是中国历史上本草学集大成的著作，1578 年就出版了，载药 1892种，收录植物药有 881 种。可称得上"中国古代的百科全书"。

谢佚名"盲流"到塔什库尔干县后，在一个机关食堂找到一份火头军的工作，平时努力干活，起早贪黑，沉默少言，遇到困难总是冲到最前面。他懂中医，不论谁有腰疼、腿疼，只要是"疼痛"，找到他，都会以中医的方法给病人治疗，一传十，十传百，口碑相传，深受农牧民的欢迎，农牧民都称他为自己的土郎中。他把别人的事当做自己的事，不管谁家有急事都找他，也不管是什么事，他从不推辞，乐于帮人。

古丽等几个年轻人喜欢和他交流，称他佚名老师，特别是到了冬天都愿意上这儿来，他也乐在其中。谢佚名知道，古丽他们来这儿，是为了打发寂寞漫长的冬天，当然也是为了开眼界、涨知识。凡来听者，每人先喝一碗羊汤，这是特意为他们准备的，他亲自炖的，很香，其实就是清清的塔合曼河的河水，加上羊肉，少许盐，什么调料也没放。

古丽：我们每次去他那儿，都自觉带上馕。因为我们知道，他不会烤馕，关键是他没有烤馕的炉子。

或许是心中对知识的渴求，或许是对大千世界的好奇，古丽每次都觉得佚名老师的清炖羊肉汤特别好喝，时间久了，她真想这一口。

机关的人也都很喜欢这个小老头，还分了一间平房给他，那是一个破旧的仓库，他抹上泥，再把旧报纸贴在墙上，房间显得干净利索。饱经沧桑的谢佚名似乎有一丝悲壮之后的安静、淡然、沉稳、随意，有一种望天上云卷云舒，看庭前花开花落的闲情洒脱。

古丽问过佚名老师，这么好的厨艺，为什么不当主厨要当火头军呢。他悄悄地对古丽说，一人难调百人味，主厨那是得罪人的活儿，火头军没责任没压力，就是起早一点，下班晚一点，关键是独来独往没是非，挺好。

塔什库尔干县，高寒缺氧，自然环境特殊，如何才能更好为当地农牧民服务，为社会做点好事呢？谢佚名首先想到的是如何找出预防高原常见病的最好配方。他请曹仁新大夫到喀什住过一段时间，本来是想请他到塔什库尔干，可是万一有高原反应，那是有风险的。师徒二人便在喀什租了一间房子，做起了想做的事。后来，以曹仁新大夫的名义申请通过了"高原一号"配方。就是农牧民说的"神仙汤"，对高原常见病的预防有很好的效果。

谢佚名有点兴奋了，他说"高原一号"的成功，让所有人记住了曹仁新大夫的名字，现在他们又开始新的合作，就是在原有基础上，对预防高原常见病开发升级版"高原二号"配方。

谢佚名：后来，我每次下山到喀什，除了买些中草药，就是买道地药材，我知道，在最无助的时候是塔什库尔干人民收留了我，不能忘本啊！

谢佚名的一番话，让古丽和布鲁安十分感动。

古丽：你一个人在县上，就认我为干女儿吧，这辈子我伺候你，还有布鲁安，我俩会孝顺你的。

谢佚名：能有你这个干女儿，是我的福分，还有布鲁安，我的人生已经是奢侈了。

古丽有些好奇：你说的那个追随者就是你曾勇敢救护的那个女同学吗？

谢佚名：是啊，我俩都是初恋。在珞珈山的樱花大道上曾留下我俩的身影，后来我们手牵手在校园里散步。"人道海水深，不抵相思半"。经过一段时间的鸿雁传书后，我俩也留下了第一次亲吻，是在一片树林路边，我俩称作"相思路"，当时我俩紧张得不知所措，嘴唇陌生得不知往哪放，可就是这份难得的陌生，我俩终生忘不了。樱花树还在，珞珈山还在，我俩的足迹还在。每次都是我说的多一些，她说我是哲学家，喜欢听我说。每次听我说，她都有收获，每次她都是那么认真地听，我觉得她是世界上最好的听众，她有一个美丽的名字叫丹妮。

古丽：你后来没联系她吗？

谢佚名：我想联系她，可是哪敢啊！也不能拖累她呀，她知道我被发配到了新疆伊犁下放劳动，没有嫌弃我，主动给我写信，一封又一封，我回过一封信，以后就再也没回了。我不想让她失望。我想，随着时间推移，让思念变成怀念吧。瞧现在的我，要名，已改成佚名，要分，已在塔什库尔干这份儿，没有希望了。我想躲着她，她可是有前途的好姑娘啊！

古丽：太可惜了。

谢佚名：我曾多次告诫自己，要放下，每当夜幕来临，回忆便像月光一样，高挂在珞珈山的樱花大道上。谈何容易啊！沉默是假，失望才是真，在大学里，她是医学院的，我是哲学系的，后来听说她到同济医科大学妇产科进修了，她是有心人，她知道，新疆最缺的就是这方面专家了。

说到这里，谢佚名有深意地看了古丽和布鲁安一眼。按常规，他的这段故事讲完了。

可谢佚名就是谢佚名，他又继续说：人生万象，各有悲欢，忘掉过去的一切，拥抱新的生活，做一个善良、洒脱的人。我现在就这么想的。

古丽：佚名老师，您的精神境界的确令我们敬佩。

谢佚名：你相信奇迹吗？

古丽：我信。

谢佚名：奇迹还真出现在我身上了。

这句话谢佚名说得很慢，是一个字一个字蹦出来的。然后仰望蓝天，遥望塔合曼河和塔峰雪山，长叹了一口气。

老天厚爱我呀！

谢佚名转过头来，平静地说：上周我们见面了。

古丽：真的呀！

谢佚名：她原来的专业是心内科，毕业后义无反顾选择了进修妇产科。她知道我不走寻常路，进修毕业后，她选择了新疆，但并没有到伊犁，而是选择了喀什地区医院，你们说她神吗？

古丽、布鲁安异口同声：神！神奇的丹妮医生。

谢佚名：她认为，只有在喀什，才有可能见到她最想见到的人。《布鲁安勇敢斗混混》是我为《塔什库尔干报》写的一篇专题报道，没想到被《喀什日报》转载了，她看到署名为"谢佚名"的这篇文章，就知道一定是我。因为在武汉大学，我就常以"佚名"为笔名发表过许多文章，还上过《长江日报》副刊呢。她手握《喀什日报》号啕大哭，谢佚名，你这个混蛋，十年了，为什么所有的信都石沉大海？十年了，你知道我还有多少未发出的信吗？为什么爱着爱着就没消息了呢？失望、痛苦、不甘，各种复杂的心情，宣泄而来，"右派"怎么啦，全国几十万知识分子都被打成"右派"，他们照样生活，可你呢？为什么这么猪脑壳，还当逃兵了呢？你就不相信会有平反的那一天吗？我将青春都献给了对你的思念，从今天开始，你必须将生命余下的时光献给我的爱。

湖南妹子好凶悍，却又最柔情。

看到古丽和布鲁安入神地听着，谢佚名继续讲：

我俩见面也挺戏剧性的，那天我到喀什地区医院中药房买药，刚出药房和她迎面撞了个满怀，中药撒了一地，我瞅了她一眼，刚想弯腰捡药，好面熟呀，我又抬头，原来是她，她已经认不出满脸沧桑的我了。我轻轻叫了声，丹妮！她才细细看着我，佚名？你是佚名？

当确定是我后，大叫了一声，"你这个猪脑壳！"医院走道里的人都看着我俩。十年的情感之洪，已经决堤而出。

中午，她请我吃了葱爆羊肉、手抓饭。我们延续了十年的初恋又悄悄回来了。

她对我说，她的初吻给了我，一次吻，一生情，百年爱。有时，她是冰山上的雪莲，顽强、高贵。有时，她是帕米尔高原的小草，寂寞、孤单。她忘不了，初恋带给她的无限美好。当我离开武汉大学那天，她将自己的情感也尘封了，"相信会有奇迹出现的那一天！"

她活在幻想与渴望之中，如果奇迹最终还是没有出现，说明渴望得还不够厉害。为了那不可能出现的我，她宁可不谈婚论嫁，这就是湖南妹子。十年了，她没有恋爱，面对无数追求者，她都以微笑拒绝，面对滚滚而来的流言，她选择沉默。心中只有"相信奇迹出现的那一天"。

谢佚名告诉丹妮，他改名就是希望过去的那个自己从这个世界上消失，选择从伊犁"盲流"到塔什库尔干，就只想做佚名，更怕她见到自己后会失望。

这些年，佚名常常想念丹妮，听说她大学毕业又去进修妇产科，他知道，那一定是为了他。新疆南疆地区最需要妇产科专业人才，他很感动她的选择。

佚名也曾悔悟，但苦于无法联系上丹妮！他唯一的选择就是一边享受一个人的世界，一边期盼奇迹出现的那一天！在塔什库尔干县，佚名现在也是有名的中医了，县上人都称他为专家，除了中医诊疗外，他还研究高原常见病的预防，常到喀什中医院来买药，没想到就这次竟然真的撞上了丹妮。

丹妮是月亮，谢佚名抬头眺望，一不小心，就被她的眼神击中。

丹妮告诉谢佚名：她会马上向院里写报告，尽快来塔什库尔干巡诊，她知道那里更需要她这样的医生。

谢佚名：我是中医，你是西医，咱俩中西结合，为当地农牧民服务。

丹妮：瞧你美的。

谢佚名：你真厉害，你怎么知道，我一定会在喀什出现？

丹妮：我太了解你了。你是我头顶上那只勇敢的雄鹰，我是你泪中丰满无边的牧场。

俩人都笑了，那么开心，那么真诚，那么幸福！

爱，是相互欣赏，是一门"艺术"，更是哲学。

爱，是亘古不变的命题。它是圣洁与高尚，也透出质朴的怀念，耐心等待、感受与吐露。

你们说，缘分这玩意儿是不是真的挺奇妙？当年我们在武汉偶然相遇，十年了，在喀什再次偶然相遇，人一生，总有一个夜晚，你站在繁星下，星星都要变成相思果，将相思果放在床头，孤独时，伸手可摘。我们重新开始了延长了十年的初恋。有人说，初恋朦胧中的爱，我想，我的初恋从未走出心中的思念！

谢佚名和丹妮一一诉说分别后的思念。

他告诉她，自己是如何"盲流"到这里的。

她告诉他，她是主动要求到这里来的。

他告诉她，自己早已不写文章了，只想当个好中医。

她告诉他，她只想见她想见的人，做她想做的事。

谢佚名多年来写的唯一一篇《布鲁安勇敢斗混混》的文章就被她发现了。

她告诉他，她发现的是奇迹，她等待奇迹出现的那一天终于出现了。

她说，今天晚上就住在喀什老城附近的迎宾馆，她要带谢佚名到老城逛逛。老城是一座有近2000年的名城，有深厚的民族文化底蕴，沉淀的是岁月与生命博斗的思考。

一个标准间。丹妮对谢佚名说，来个大扫除，把个人卫生彻底打扫干净，我出去一下，一会儿就回来。

谢佚名每次来喀什都是在医院附近住，这次的住宿标准升格了。

一般从塔什库尔干县来喀什办事的人，都是早上从山上赶来，住一宿，第二天再赶回县城，谢佚名当然也不例外。

谢佚名洗漱完，丹妮拎着一大包衣物走了进来，"换上，把我买的新衣服穿上"。

谢侠名小心打开提包，将里面物品一件件摆在床上，哇，他惊呆了。外套、衬衣、裤子、鞋子、袜子，整套男士的"行头"全有，瞬间谢侠名焕然一新。他看看镜子中的自己，"也太豪华了吧！"

丹妮打量着谢侠名，"嗯，不错，还是挺精神的。记住，当医生，一定要穿得整齐端庄，这样才能给病人以信任感。"

谢侠名在镜子中看到丹妮红了眼眶，两人受的伤太重了，而这诸多的痛，他强忍着，选择了笑着去接纳。

"走，我们到老城去吃饭"，丹妮强忍住泪水。他俩走出宾馆，很快就到了老城。晚上八点过后，老城的灯光亮起来，炊烟缭绕的摊点飘散开来，老城的狂欢也开始了。手抓羊羔肉、胡辣羊蹄、清水羊头、薄皮包子、烤包子、喀什的冰激凌、清炖牛头肉、缸缸肉、烤鸽子……

进了美食街，丹妮先要了两杯石榴汁，是带皮现榨的，加点冰，稍微带点酸涩，这是到喀什必尝的饮品，看到谢侠名怕酸的样子，丹妮马上要了份玛仁糖，香甜但不粘牙。此时的谢佚名有点像刘姥姥进大观园的感觉了。

美食街的烤摊是最有民族特色风味的，这烤肉是用整块木头，而不是木炭烤的，整条街都是烤肉的味道。红柳枝烤肉，谢佚名连吃三串，大呼过瘾。当看到馕，谢佚名要了十个，他说要带到塔什库尔干县去，因为他手上拎着的是从姥爷打馕店买的馕。

漫步老城，看到谢佚名像孩子一样的天真，丹妮觉得，这就是十年的等待啊。"没有谁对谁错，只有谁不理解谁，人与人之间，没有谁离不开谁，只有谁会珍惜谁。"

老城的建筑是土木结构为主的，民族乐器店、土陶店、帽子铺等手工作坊，一字排开，每家店铺又都有自己的特色。还有几家铜匠铺子，他们坚守传统工艺纯手工。用手中一把小锤敲打，如同非物质文化遗产木卡姆演奏出的古典音乐，对这样的音乐欣赏和现代交响乐的欣赏，有别样不同。住在老城区的大多是维吾尔族人民，老城区既有不同历史时期的痕迹积淀，又有中亚特色的建筑规划。

老城里的孩子是老城亮丽的风景线，他们灿烂的笑容、欢乐的奔跑，给人以深刻的印象。他们阐述着过往曾经拥有的辉煌和对未来的美好希望。

望着这些儿童，丹妮和谢佚名互相看了一眼，各自在心里说：人只要有人深爱，只要有过温暖，只要有人并肩，此生足矣。

丹妮和谢佚名挤进一家百年老茶馆，席地而坐，品味新疆独特的养生茶，茶文化在新疆人民心目中有至高的地位，他俩要了份专门调理睡眠的五味茶，认真品尝着这有浓浓维药味道的茶。"自己喜欢的日子，就是最美的日子。"

十二点已经过了，丹妮说，在武汉大学读书时此时我们已经进入梦乡了。谢佚名说，喀什老城真好，这里有个爱的人、理解的人、牵挂的人，我俩就是流着泪等待着微笑相逢，最后还是获得了人生最大的幸福。

丹妮：下次你来喀什买中草药，我带你逛扎巴；这是维吾尔族语，意为集市、农贸市场。在喀什，差不多每个乡镇，交通路口，都有扎巴。

谢佚名：好！期待！

一天的时间就这样过去了，他俩很快约定下次见面地点——塔什库尔干。

现在，他们再也不想浪费一分一秒。要将逝去的时光都追回来！十年，已深深印证了他们之间的爱有多深！

古丽早已泪水汪汪，她擦擦泪水：

布鲁安，你赶紧把羊赶到围栏里，我和佚名老师先回我家，让母亲也给我们做份葱爆羊肉和手抓饭，你马上赶过来。

十一

布鲁安在吗？请出来一下。

门外一阵急促的声音。

布鲁安出来，只见两位干部模样的青年，身后站着一位着民族服装的大叔。

青年：我是县政府的，姓郝，这位是县教育局的欧阳副局长，你简单收拾一下，跟我们走。

布鲁安：上哪？

青年：别紧张，好事，政府决定调你到县中心小学当老师。

布鲁安：调我到县中心小学当老师？郝同志，你没搞错吧！

欧阳：是的，年轻人，恭喜你呀，我是县教育局的，学校把宿舍都给你腾出来了。

布鲁安：我的羊呢？

青年：全交给他，郝同志的人用手指指跟在身后的那位大叔，还有，这地窝子也交给他了。

马车就在地窝子门口。"不言喜，不语悲"，布鲁安就要离开羊群、离开地窝子，他深深吸了一口气，极力平复难舍的心情。

这些年，日出，他赶着羊儿去坡坡草地；日落，他赶着羊儿从坡坡草地回到地窝子旁边的围栏。冬日里，最冷的时候，在地窝子里，他会抱着一只羊取暖。春日里，他会按数字编号，记住每只羊，从头羊的 1 号，到现在的 28 号，集体的资产已经增资了。就在他即将离开地窝子时，刚走了几步，突然转身跑向羊群，抱起一只刚刚产下的小羊羔，泪水流淌出来。

布鲁安：真想带你们一起走啊。

曲亮校长已在校门口等候。

曲亮：欢迎，欢迎，徐南老师，要不还是叫布鲁安老师吧，我们已接到政府通知了，调你来学校工作，我们也研究了，打算委你以重任，当语文老师，兼体育和音乐老师，先教五、六年级两个班，这是我们学校最有希望的班级，担子有点重，给你几天时间备课。走，先去你宿舍看看。

一切来得太突然，由不得布鲁安思考。

曲亮校长领布鲁安进了宿舍。一张床，一个洗漱间，一张桌子，两把椅子，床上用品，包括洗漱用品，都很齐全，宿舍干干净净。

曲亮：满意吗？

布鲁安环视一下这间屋子，整洁，方方正正，他点点头：

满意，满意。

曲亮：那你先收拾一下，中午食堂有饭，饭票就在桌子上。听说你会塔吉克语、汉语、哈萨克语、维吾尔语，是难得的人才呀！教导主任一会过来，教学上具体的事，由他来交代。

布鲁安：好，好。

曲亮校长回过头，对郝同志说：

学校就这个条件，做得不到位的地方，你提出来，我们改正。

郝同志：你们考虑很周到，回去我向县领导汇报。

关上宿舍门，布鲁安躺在全新的床上，离开了地窝子，搬进了平房，还带洗漱间，而且在县城里，这不是做梦吧？

想着想着，平躺在床上的布鲁安居然迷糊睡着了，也许只有十来分钟吧，他醒了，想先痛快地洗个澡，然后去找古丽，告诉她，我们又成邻居了。

澡洗好了，精神焕发，他把头发也梳理了一下，穿了件干净的衣服，那是古丽给他买的，平日里舍不得穿，今天必须穿上。布鲁安急冲冲赶到古丽家。

布鲁安：大叔，阿帕依，我来找古丽。

看得出，布鲁安已成为他家最受欢迎的人。

古丽：什么好事？

布鲁安：大叔，阿帕依，我带古丽出门一会儿。

布鲁安拉着古丽一溜小跑，到了新宿舍。

古丽：哇，好整洁的宿舍啊，这是怎么回事？

布鲁安：我调到县中心小学当老师了，他们说这是分给我的宿舍，我怀疑是不是弄错了，我真能当老师吗？所以呀，找你来看看，保不准命运又在和我开玩笑，不知道什么时候又收回去了。

古丽：谁找你说的？

布鲁安：政府一位姓郝的同志，还有教育局欧阳副局长，还见到学校的曲校长了呢。

古丽：天啊，这是老天在帮你啊！

说完，古丽双拳捶打布鲁安的前胸，两人的泪水都溢出来了。

布鲁安：古丽，知道吗，我刚刚在洗澡的时候，打开水龙头热水自然就出来了，当时我就想，很多事情在发生时，你真不知道它最后的结果，但坚持走下去，结果或许并不是那么糟糕。

古丽：这就是佚名老师上次给我们讲的《道德经》里所说："祸兮，福之所倚；福兮，祸之所伏。"

布鲁安：我突然感到牧羊人那简朴的生活节奏被打乱了。可我的地窝子，还有那羊，政府拿走了，重新分配给别人了。

古丽：现在还想着你的羊呀。

布鲁安：都有感情了，我放的羊都是山羊，它们喜欢"顶牛"，每天看它们"顶牛"，都给我带来许多快乐。特别是当远处的驼铃声传来，羊儿都会停止动作，静静聆听。现在骆驼数量比塔县人口还要多，它们是塔吉克族人最好的帮手，大部分物资都是由骆驼驮进来的，有时我也请他们给我捎些物资。

在坡坡草地上，我经常看到鹰，多是塔吉克族人自己养的，白天追随主人狩猎，夜晚给主人看房，它们常在坡坡草地上盘旋，那是它们的主人特意放的，我也和塔吉克族朋友一样，把鹰视为自己可靠的朋友。有时，我也学着鹰的主人，拿出一块肉，让鹰在我的手臂上啄食。

现在，刚熟练掌握羊鞭，又让我拿起教鞭，我多少有点心虚。如果我有佚名老师的水平就会胸有成竹了，万一当不好老师，学校不要我了，住哪？

古丽干脆地说：住我家！

两人面对面而视，还真不知道说什么，幸福有时来得太突然，来不及准备。

古丽：我先回家，准备几个菜，一会儿你去叫上佚名老师就过来，陪我父亲喝两杯，咱也商量一下。

布鲁安：庆祝我们成为邻居？

古丽：对，我请乔迁来的新邻居吃饭。

这次古丽亲自炒菜，不一会儿四个菜就上桌了，破例来了一盘花生米，说是给叔侄俩还有佚名老师下酒。

布鲁安：突然的工作调动，我忐忑不安，向各位讨教，今后的路该怎么走。第一杯，我先敬叔、阿帕依，感谢二老这些年对我的关心和照顾。

第二杯，我敬古丽，感谢你出现在我的生命里，是你教会我懂得生活，懂得快乐，懂得如何做人。

第三杯，我敬佚名老师，感谢我人生的启蒙导师。

喝下这三杯酒，终生不回头。

布鲁安的一席话，让古丽溢出泪水，一滴一滴落在酒杯里。

在这个世上，每个人拿到的生活脚本都不一样，布鲁安藏着无数的委屈和他俩割舍不下的缘分。

她听到自己内心的独白：我等过你，你等过我。

谢佚名：说心里话，我最喜欢你的是倔强中的善良，逆境中的坚持。你把甩羊鞭练成艺术，成为战斗的武器，我相信，你也一定能将三尺讲台变成启迪孩子们的钥匙。上天从来不会辜负任何一份努力的。

布鲁安：佚名老师，我一定不负韶华，活出个人样来，不过我要是有您那么丰富的知识，就不心虚了。

谢佚名：再多的知识，我也当不了娃娃头，我已经给县上写报告了，申请在县人民医院下设中医门诊室，他们告诉我，批文马上就发下来了。另外，我透露个剧情，据可靠内部消息，我人生中最重要的角色，我的女一号丹妮医生，下周就来塔什库尔干了！

古丽：哇！今天是双喜临门，祝贺祝贺！父亲、母亲，晚上，我给你们讲谢佚名老师的故事，那才是千年等一回的传奇。

谢佚名：下周，丹妮医生会来塔什库尔干县巡诊，我会动员她留在喀什库尔干县，也在县人民医院办妇科门诊室，这里的农牧民需要她！

大家鼓掌，共同举杯！

谢佚名：我想好了，马上向县委写报告，请古丽来给我俩当助手，学习业务，同时兼行政主管，充分发挥古丽的作用。

古丽：真的，我也能到县医院工作？和布鲁安成为邻居？父亲，你说这是真的吗？

何斯淘拜：佚名老师说的，当然是真的。

古丽：那丹妮医生会同意吗？她愿意留在塔什库尔干吗？

谢佚名：她当然会同意呀！

谢佚名显得特别自信。

谢佚名：年轻时，她仰慕我，追求我；后来我划成"右派"，我想她，思念她。十年了，我们从武汉大学的珞珈山到新疆塔什库尔干，从相恋到分离再到重逢，哪有再分开的道理！

谢佚名的肺腑之言，感动大家。

古丽：今天是家宴，我先敬一杯拜中医师傅的酒！然后敬一杯拜丹妮医生的酒，再敬布鲁安邻居一杯。

布鲁安：好，感谢古丽，我陪这杯。

何斯淘拜：古丽，我们都陪，咱们一起干。

几个人举起酒杯，碰杯的清脆声在每个人心中激荡。大家像亲爱的一家人，这是一场温暖的家庭聚会。

布鲁安：佚名老师、叔，生活中还真有太多的意想不到，当你勇敢面对，什么都不想的时候，就会有新的惊喜降临，你又不得不重新思考人生。能成为人民教师，这事来得太突然了。

谢佚名：虽突然，也是必然。这不明摆着吗？这是组织上的关心呀！

何斯淘拜：组织上关心是一定的，但我看这件事没那么简单。我琢磨，这一切与你的家庭出身有关。

布鲁安：与我家庭出身有关？

何斯淘拜：你想呀，你父亲是谁？

布鲁安：我父亲呀！

何斯淘拜：为什么你一个人到这里？

布鲁安：这儿安全呀！这是佚名老师讲的。

何斯淘拜：你知道吗，刚到这里，组织上就让我关心和照顾好你这个小男孩。

布鲁安：原来是大叔呀！地窝子外的馕，还有马奶子都是您送的？

何斯淘拜：是啊。

布鲁安：为什么？

何斯淘拜：这说明组织上依然关心着你呀，说明你这个家庭出身不好的青年，其境遇并不是你想象中的那么糟糕。

古丽：父亲，瞧你这么说，把布鲁安都吓着了。问那么清楚干什么？布鲁安现在是教师，这已经够了。

谢佚名：古丽说得对。你要努力当好人民教师，对得起组织的培养。有些曾经以为无话不说的人，曾经以为可以依靠一生的人，在最需要他们时就只留下一个背影。而我们的布鲁安就不一样了。

何斯淘拜：佚名老师说得对，我不问了。

谢佚名：你要自信起来，勇敢面对新的工作和生活，组织上让你扔掉羊鞭，你就扔掉羊鞭，现在让你拿起教鞭，你就拿起教鞭。记住，人生最大的贵人，是从不言弃的自己。

布鲁安：我记住了。这样吧，我敬组织三杯，感谢组织上对我的培养与厚爱。

大家共同举杯，一饮而尽。

夜深了，家宴结束了，古丽执意送布鲁安到宿舍。

路上，布鲁安对古丽说：我还有件遗憾的事。

古丽：什么遗憾?

布鲁安：我俩在一起放羊这些年了，从未单独"转场"过呢，"转场"可是你们民族最重要的事呀！

古丽：是啊，这遗憾一定要补上，这几天你安心备课，然后我们就去"转场"，我会把一切安排好，让你高高兴兴去学校当老师。

两人很快到宿舍了。

古丽：你今天喝了这么多酒，先睡吧，明早起来后再洗澡。

她安顿好布鲁安，出门随手把房间的灯关了。

布鲁安走到窗前，看着路边的古丽，直见到她转身的背影，才慢慢把视线离开。突然古丽回头，再次走到路边眺望窗口，许久，又留下转身的背影。

布鲁安双眼湿润，此时古丽也一定流下了泪水。

布鲁安合衣躺在床上，辗转难眠。他想起奶奶说的，每个夜晚都会过去的，天亮了，一切照旧。

可古丽为什么是位民族同志呢?

这真是一个不眠之夜啊！

十二

秋天，是塔什库尔干县丰收与团聚的季节。景色铺陈中的塔什库尔干，空旷、辽阔，凝聚了一种神秘的生命力，显出一种超越自然的深刻。

在新疆，哈萨克族牧民仍然保留着逐水草而居的游牧民族的传统习惯。

高原牧场就随处可见到牧民转场的情景。在一条条古牧道上，转场人家的主妇牵着装满毡房、家具、用具的骆驼队走在最前面。后面是成群结队的牛羊群组成的浩浩荡荡、连绵不断的迁徙大军。场面蔚为壮观。

转场，对哈萨克牧民来说，是生活中最重要而普遍的事。

"世上路走得最多的是哈萨克人，世上搬家最勤的人是哈萨克人，哈萨克民族用自己的双腿丈量着世界，追随着生命的绿色"。

古丽和布鲁安的"转场"准备就绪，他俩都穿上了民族服装。古丽提议，他俩同时来个"姑娘追"的游戏。

布鲁安："好呀！"

他知道，"转场"对哈萨克族人的重大意义。他也知道，现在放羊的地方叫金银滩草地，是塔什库尔干县为数不多的好牧场，对这片草地，他充满敬意。

古丽：我知道你离不开金银滩草地，今天的"转场"，就是让咱俩身心放松一下，咱俩就赶着羊转一圈，依旧回来就是。

布鲁安：这主意不错。

古丽：咱俩骑着马儿，唱着歌，让羊群跟着，不就完成了我俩的"转场"。

布鲁安：咱俩的羊加起来几十只，"转场"的气势不够呀！

古丽：所以要加上"姑娘追"呀！记住这是咱俩的"转场"。让我们的羊儿也享受一下搬迁的味道。咱没有浩浩荡荡，更没有尘土飞扬，咱俩并肩行走，绝不是我在前，你断后。牛羊吆喝声，我负责整出音响来，咱俩尽情享受这个过程。那位接你羊鞭的民族同志，我已经让他放假回家去了，今天就咱俩，可以尽情享受"转场"的味道。

古丽把一切安排得妥妥的。

"转场"开始了，歌声、牛、羊叫声，如同电影里的音响效果，配合古丽、布鲁安的夸张动作，舞出了生命中的美丽。

羊儿高兴，随着歌声节奏蹦跳前进，古丽和布鲁安高兴，为自己导演的"转场"跳起马步舞。

"你让我走进梦境，在梦里轻轻告诉我，能让你每天快乐、充实，就是爱。"

歌声停了，羊儿也停住脚步。

一只雄鹰在天空中盘旋。它的主人塔吉克朋友就站在草地边边上，"转场"吸引了他，也前来凑热闹了。

古丽：下马，吃馕！

一切有序进行着，他俩席地而坐，倒出马奶子，馕蘸着吃，香！

吃饱了。古丽提议，咱俩先来个"姑娘追"，然后继续"转场"。

布鲁安说，好呀，正好让你也检验一下，我的骑马技术是否有提高。

哈萨克语中，"姑娘追"称为"克孜库娃"，"克孜"，即"姑娘"；"库瓦尔"是"追"的意思。"姑娘追"是哈萨克族青年男女在马背上开展的一种娱乐游戏，它富有纯真而浪漫的生活情趣，有时就像纯情男女相爱的一种表达。

据说很早以前，有两个哈萨克部落的头人结成了儿女亲家，在姑娘准备过门那天，来接亲的人有意夸赞新郎的马是最好的千里马。新娘的父亲听后便说："我女儿骑的马才是最好的马，不信可以比一比，如果你们的马能追上我女儿的马，今天姑娘就过门，否则就改日再说。"于是比赛开始了。如果姑娘对小伙子早有好感，会故意放慢速度假装让小伙子追上，借机进行交流和沟通，返回时她又让小伙子在前面跑，自己在后面追赶，结果把"追姑娘"变成了"姑娘追"。于是"姑娘追"就由此产生了。

古丽：开始！

她骑着马，飞奔向前。

布鲁安肯定追不上，但骑马的水平已经有很大的提高，正在这时，古丽放慢速度，布鲁安追上来了，他知道是古丽有意让他追上来的，但心里仍然很得意，他俩并肩骑马，缓慢地走了一会儿。别样的散步，别样的风景。

古丽：该你先跑了。

布鲁安：好！

他骑马扬鞭，奋蹄疾驰，古丽在后面追赶，不一会儿，古丽追上了布鲁安，扬起长鞭，在他头上转，就是不打在他身上。

玩儿的是心跳，玩的是快乐。

"转场"前他俩已经将一锅羊肉炖上，"转场"回来后羊肉的香味儿扑鼻。

古丽：喝点酒？

布鲁安：必须的！"转场"如此的快乐，哪有不喝酒的道理呀！

满上！

他俩不推让。

手抓羊肉，他俩也不客气。

娱乐体验了一次，他俩高兴。喝了几杯酒，他俩更加兴奋。

古丽：把佚名老师请来就好了。

谢佚名：现在才想起我，我不请自来了。

谢佚名的突然出现，他俩感到惊讶，丹妮医生也来了。

古丽：布鲁安，赶紧倒酒上肉。

谢佚名：丹妮医生要求到塔什库尔干巡诊的报告被地区医院批准了，昨天刚来塔什库尔干，她来这儿可需要助手呀，我就想到了古丽，这不，老远就看了你们在"转场"，那画面真的是威武雄壮啊，两匹快马穿越美丽的牧场。于是，我俩就到周边转了转，你俩表演的"姑娘追"，还是追出了水平的。

古丽：真的吗？

谢佚名：丹妮医生说了，这欢迎她的场面也太热烈了。

丹妮医生：你两个人的"转场"和"姑娘追"表演得太投入了，完全忽视了我们两个观众的存在。

古丽：真对不住啊，如果我们知道有你们当观众，那我们就可以来个叼羊比赛了。

谢佚名：你们没发现今天的羊肉汤更香吗？我一到这儿看到炖了一锅羊肉汤，就知道你们玩儿开心了就会回来了。所以，水呀，火呀，我亲自照看着，丹妮医生都说我"是一个熟练的厨师呢"！

古丽：我说呢，闻起来还是那熟悉的羊汤味道。

丹妮医生：我不会喝酒，但盛满奶茶的秋月可以当酒。

谢佚名举起酒杯："深情不及久伴，厚爱无需多言"。咱们先喝了这杯。

丹妮医生：那我的秋月全在这杯奶茶里了。

古丽："师母"，我可以这样称呼你吗？

丹妮医生：还是叫"丹妮医生"吧，我喜欢这个名称。

古丽：那好，丹妮医生，既然你也认可我成为你的助手，明天我领你到县城附近的阿巴提镇和塔什库尔干镇看看吧？

丹妮医生：好呀，我已经被你俩的热情感动，明天就开始工作！

第二天早上，古丽赶着马车，丹妮医生坐在马车上，开始了她到塔什库尔干县的第一次巡诊，目标：阿巴提镇。

刚到镇卫生所，里面躺着一位叫丽塔娜的塔吉克族妇女，是一位妊娠晚期出血的病人，丹妮立即对患者做了检查。

丹妮医生说病人情况很不好，叫县医院救护车已经来不及了，古丽立即派人骑上快马，通知医院做好准备并马上组织人将病人抬上马车，立即回县人民医院做手术。

马车打破了清晨的宁静，马车尽力保持平稳。患者直接被推进手术室，丹妮医生发现患者是前置胎盘导致出血，必须立即实施剖腹产手术，否则会危及母婴的生命。幸运的是孩子被顺利地取了出来，是一个健康的男婴，可产妇却因为子宫收缩不好，出现了大出血，情况十分危急，丽塔娜生命危在旦夕。

"输血！实施子宫切除手术。"可难题却摆在丹妮医生面前，没有血源，情况十万火急。救人要紧，经化验，古丽及另外三位汉族医护人员为患者义务献了血，布鲁安也参加了化验，但他的血型与患者不匹配。流淌着白衣天使救死扶伤精神和民族团结情谊的鲜血，缓缓地注入了丽塔娜的体内。

手术成功了，丽塔娜得救了，当医护人员推着丽塔娜走出手术室时，那些从阿巴提镇赶来、等候在病房外的亲属和朋友，一个个感动得热泪盈眶。

丽塔娜的丈夫走到丹妮医生面前，握住她的手，泣不成声。

谢佚名蹲在医院门外，他也在守候，当丹妮医生

走到他面前，

谢佚名激动地说：塔什库尔干农牧民需要你啊！

丹妮医生来塔什库尔干的第一次巡诊，就以这样的方式结束了。

古丽出了手术室，就见到靠在墙边儿站着的布鲁安。

她说，我是第一个献血的，在整个抢救过程中，我紧张地拿着纱布递给丹妮医生，不停地为她擦额头上豆大的汗水，我第一次经历这样的场面，双手抖得厉害。但丹妮医生呢，沉稳、淡定，对患者的那份关爱让我感到了她内心的强大，对医生而言，患者至上，丹妮医生做到了。

布鲁安对古丽说，一个伟大的母亲，身边也站着一个伟大的妇产科医生。

丹妮医生决定留在塔什库尔干县了，一个月的巡诊，她知道这里太需要她这样的专家了，在这里建立妇产科门诊室太有必要了。这是一个圣洁而又不被人了解的“禁地”，她面对的往往是身肩两条生命的孕妇和妇科疾病患者，丹妮医生感受到一种沉甸甸的压力。而古丽呢，更感到了妇产科医生的圣洁。

帕米尔高原，静谧而宏大，美得如诗如画。

十三

大河沿镇位于新疆维吾尔自治区吐鲁番市高昌区，境内有吐鲁番火车站，兰(州)新(疆)、南疆铁路穿境而过。是南北疆陆地交通枢纽。

满仓到了大河沿，比小芹坐的火车到的时间足足提前了一天。

火焰山，古丝绸之路北道，唐僧师徒四人曾路过此地。每当盛夏，红日当空，在烈日照射下的山体呈赤褐色，砂岩灼灼闪光，炽热的气流翻滚上升，就像烈焰熊熊，火舌燎天，故名火焰山。

当地人说，太阳直射的地方地表温度可达80℃，沙面可把鸡蛋烤熟。

到了大河沿，满仓真想去火焰山看看，他喜欢孙悟空。《西游记》是他了解为数不多的故事。特别是《西游记》里孙悟空三借芭蕉扇扑灭火焰山的故事，他听人讲过多次。

但是他犹豫了，万一火车提前到了呢，如果小芹下车见不到他，该多着急啊！

火车晚点三小时到达大河沿。小芹走下火车，第一眼就看到了满仓，他脸颊红红的，身体还是那么壮实。

她一溜小跑到满仓跟前，扔下行李，双手抱住满仓的脖子，满仓顺势抱起小芹转了几圈，小芹的衣服随转动而飞了起来，幸福洋溢在脸上。

小芹：满仓哥快停下，我双手快抱不住你脖子了。

满仓双手紧紧搂着小芹的腰又转了一圈，围观群众投来羡慕的眼光，分享着这份久别重逢的喜悦。

昨天，满仓就想好了，火焰山不去了，但要带小芹去葡萄沟，让她见识新疆的美。

葡萄沟就在火焰山下的一处峡谷，葡萄长廊，翠绿幽深，光影错落。

小芹哪儿见过这场景，葡萄像珍珠般挂满整个长廊，满仓也是第一次见。这儿的葡萄每人五块钱，随便吃。满仓掏出十元钱，两人坐下，边吃边说，诉说离别的思念，四目相对，竟不知说什么好。他俩的心儿早已醉了。

喜悦藏在小芹心里，满仓就是披着星星向她奔赴而来的人，这葡萄真甜。

美美地吃着葡萄，小芹想起了老家的亲人们，如果他们也能吃上葡萄，那该多好啊！她不禁淌下泪来。

满仓：怎么啦，小芹？

小芹：你知道吗？这两年咱家怎么过的呀？你拍拍屁股走人了，家里的日子真难熬哟！咱娘还有你娘，度日如年，盼你啊！……今天吃的葡萄这么甜，我想她们了。

满仓叹了口气：我也想啊，我一定努力，早日让亲人们过上吃饱饭的好日子。

咱俩赶紧上塔什库尔干，佚名老师说了，按当地的习俗办婚礼，古丽和布鲁安也赞成，等你怀上了，我送你回老家，为我生个胖小子。

小芹点点头说，都听你的！

满仓买了两张上南疆的汽车票，是库尔勒运输四公司的长途客车。

第一天经过达坂城，司机放了曲《大坂城的姑娘》，满仓和小芹手牵着手，紧紧挨着坐了一路，接着到吐克逊吃了碗拌面。

第二天一早，开始翻干沟，车子整天都在沟里转，小芹的头都转晕了。出了干沟很快就到了铁门关，这是南北疆的古代重要隘口，汽车到库尔勒已经是傍晚了。

二人下了车活动活动筋骨，满仓买了几个香梨，小芹一口咬下去都是汁水，清甜可口。满仓舍不得吃，全给了小芹。小芹可不想吃独食，非得让满仓尝尝，推让中，一个香梨掉在地上，摔出了一摊水。两人都傻眼了。

长途车一般都是两个司机轮班开，乘客就一直在车上。满仓二人连夜随车向南，经过了古称"龟兹"的库车，位于天山南坡的绿洲口，看见这里的女子头上都插着一枝花；经过了英吉沙，据说这里的刀很闻名，民族男同胞腰里都别着一把刀；还经过了阿克苏，它旁边的阿拉尔市，汉代的烽火台，著名的克孜尔千佛洞，开凿于公元3世纪末，现在阿克苏是片富饶的土地；最后终于到了莎车，满仓和小芹下车了，这是他俩的目的地，满仓很快就找到了小雨开的路边小吃店。

莎车，位于昆仑山北麓、帕米尔高原南缘，是一个以农业为主的人口大县。莎车是古"丝绸之路"的交通要冲，军事驻守重地，旅游资源丰富，自然风光、人文景观和民俗风情特色突出。有着"不到新疆，不知祖国之辽阔，不到莎车，不知西部之壮美"的美誉。

小芹也终于见到了满仓的患难之交小雨。两个经过世事沧桑又都深爱着满仓的女人，对着话。

小雨：芹妹子，你真有福，满仓是个好男人。

小芹：小雨姐，满仓和我说了，在最困难的时候，你一直在照顾满仓。

小雨：是他救了我的命，后来一路上历尽艰险，我们一直互相帮衬着。好在一切都过去了！你们的幸福日子就要开始了！我去收拾一下房间，这天色恐怕你俩走不成了，不如今晚你和我挤一下，让满仓在外屋搭个床。明早儿，我为你俩做份拌面，吃得饱饱的再上塔什库尔干。

夜行塔什库尔干是非常难的事。满仓知道天色已晚，无论如何也是不能再往塔什库尔干赶的。和小雨在一起，小芹也能更多了解新疆，了解他们"盲流"到新疆的不易，便答应了小雨的提议。

小雨早早就关门打烊了，留下刚请来的娅铃，坐在门口，守候那些开夜车的司机，让他们有碗热汤喝。

满仓拿出一包葡萄干：小雨姐，这是我和小芹去葡萄沟摘的，带给你尝尝。

小雨接过葡萄干儿，望着小芹，他俩还真有夫妻相，满仓壮实，小芹小巧精干，她羡慕这对年轻人，打心眼儿里为他俩高兴。

她告诉满仓，她打算把这个路边小吃店卖了，等那死鬼周年，她就去塔什库尔干，在那儿开一家小吃店。

小雨：小芹妹子刚来新疆，也不会做新疆饭，以后呀，你俩可以每天到我那小吃店吃。

满仓：你不怕我俩把你的小吃店儿吃亏了？

小雨：亏不了，你放心地吃。现在的小店儿，已经找好了买家，就是目前跟我当下手的娅铃，她丈夫也是司机，跑长途的。

满仓感叹：小雨姐多么不容易啊！

该吃的苦，该受的难，她都扛下来了。那些无休止的纠缠和折磨，她受住了，并到此为止。

满仓和小芹的婚礼是由谢佚名总策划和导演的，简洁而隆重。

一早，满仓和小芹穿上了塔吉克民族的服饰，还真像那么回事，特别是满仓，有着塔吉克族男人一样魁梧的体格、壮实的肌肉和平坦的腹部，显出日耳曼民族的风采。再戴上毛毡，就更像典型的塔吉克族男人了。

在新疆人眼中，南疆与北疆是截然不同的：北疆满是雄奇的高山和葱翠的草原，南疆则满眼尽是丝绸之路、戈壁绿洲、峡谷冰川、大漠孤烟、千年胡杨；北疆散播着广袤的草原文化，南疆则耕织着丰厚的农业文明；北疆是哈萨克和卫拉特蒙古人的部落，南疆则是维吾尔族人和塔吉克族人的缤纷乐园；北疆有飞驰的骏马和辽阔的歌声，南疆则有醉人的木卡姆和灵动的舞蹈。

塔吉克族的婚礼包括订婚和结婚两大部分。传统的订婚仪式分提亲、定亲两部分，结婚仪式历时三天。

提亲仪式开始了。

霍林、金狗也伴上了，他们和当地一个塔吉克女孩儿一起，来到小芹"家"，在音乐声中，唱起了提亲歌。

从哪儿来，要到哪儿去？
做我的妻子吧，我最亲爱的。
亲朋好友都到了，
她们想见到最美丽的你！

订亲仪式紧接着开始进行。

满仓在布鲁安的陪同下，带上耳坠儿、戒指，亲自给小芹戴上，满仓还将一条四米长的鲜艳的红头巾盖在小芹的头上，就算是将他俩的婚姻关系正式定了下来。

下午，结婚仪式的序幕拉开。

在满仓新家的院子里，亲朋好友都穿上最美的衣服，又是打鼓唱歌，又是跳舞，正在这时满仓骑着高头大马，在霍林、金狗的陪伴下，由诸多好友随同，弹着民族乐曲，浩浩荡荡地来到小芹"家"迎亲，在小芹"家"举行了宗教仪式——尼卡。

仪式开始时，阿訇走到新人面前念经祈祷，念完一段经文后，端一碗盐水让新人共饮，如同汉族的交杯酒。接着往新人身上各撒一些面粉，然后双手各拿一块羊肉，在肉上吹口气，右手的交给右边的新郎，左手的递给左侧的新娘，并给他们各吃一口馕。至此，仪式即告结束。

这时，谢佚名、古丽和布鲁安进屋祝贺，满仓和小芹端正地坐着，接受大家的祝福。

塔吉克族的婚礼，让小芹和满仓无比兴奋，他俩感叹，有如此隆重的婚礼，这辈子值了！

十四

布鲁安准备认真备课，第一堂课讲什么呢？为此，他特意请教了佚名老师，也和古丽商量了许久，宿舍里书和资料摆满了桌子。

谢佚名告诉他，要建立起一种"采菊东篱下，悠然见南山"的心境，虽然第一次走上讲台，但最重要的是，让心静下来，让心重返自然。

布鲁安点点头。

第二天，布鲁安从地容走上讲台。他穿的依旧是古丽给他买的那套衣服，这是他最好的衣服了。

"老师好！"同学们齐声说。

"同学们好！"

当他抬头，才发现校长、教导主任在，佚名老师坐在后面，连新婚的满仓两口子也来了，古丽坐在最后一排。

同学们，今天我将五六年年级的同学集中在一起，上一次大课，来个开场白，讲什么好呢？

塔什库尔干，我可以抱一下你吗？

那一年，正值青春年华的我从口里（内地）来，第一次来到这里，严重的高原反应，让我五天五夜没有睁开眼睛，可以说是奄奄一息了。是塔什库尔干县的人民给了我第二次生命，在漫漫人生路上，又给了一把打开我心灵的钥匙。我真的好想拥抱你，塔什库尔干。

今天我怀着感恩的心情走上讲堂，所以，我想说的第一句话是：我没有多少知识教给你们，但我希望能给你们每人一把钥匙，一把能打开你们心灵的钥匙。

布鲁安的开场白，是对同学们讲，也是对古丽讲，更是对自己讲。

同学们，我们生活的这片土地，地处祖国边陲，相邻三个国家，当我们拥抱了这片神奇的土地，就没有不爱她的理由。正因如此，这片土地就是吸引我们对知识的渴求的源泉，是打开我们心灵的钥匙。

我来塔什库尔干县好多年了，这里有厚重的人文历史和浓郁的民族风情，是我见过的最美的净土。在这里，我们塔吉克族、汉族、维吾尔族、哈萨克族人民情感交融，文化多元，各族人民有着高度的国家认同，我们能看到一派民族大团结的盛世景象。

同学们，你们是我校最高年级的学生，是我们学校最宝贵的财富。明年，六年级学生将进入初中，按中国古代说法，已经是进入"秀才"的备选阶段，所以现阶段打好基础尤为重要，也就是说你们要把现在的学习作为人生责任，作为生活态度，作为精神追求，这样，你们的未来才能够有深厚的学养来护航你们走向成功之路。

下面我想和同学们分享一个我读书的时候，我的老师给我们讲的故事：油灯的光芒依旧。

读书那会儿，一名学生因为怕麻烦老师，所以总是不敢问问题。这个老师非常细心，不久，老师发现了这个现象，就问他原因。学生说："老师，很抱歉。您给我的答案我又忘记了。我很想再次请教您，但想到我已经麻烦您许多次了，就不敢再去打扰您了！"老师想了想，对他说："你先去点一盏油灯。"学生照做了。老师接着又说："再去多拿几盏油灯来，用第一盏灯去点燃它们。"学生也照做了。这时老师笑着对他说："其他油灯都是用第一盏灯点燃的，但是第一盏灯的光芒有损失吗？"学生回答道："没有啊！"老师又对他说："和你们分享我所拥有的知识，我不但不会有损失，反而会有更大的快乐和满足。所以，有问题的时候，欢迎你随时来找我。"

所以我想向同学们表达的是，请教也是一门学问，无论何时都可以去请教，可以直接请教，也可以间接请教。可以向书本请教，也可以向同学、老师和家长请教。没有请教就没有进步，就没有成功。

最后，我想说的是，你们是塔什库尔干的未来。让我们的知识，在这片广袤的土地生根发芽，让我们共同努力，实现梦想，将来把我们南疆小县城建设成祖国美丽的花园。

掌声在整个教室响起，是校长，是古丽，是同学们送给安老师最好的肯定。

体育课。

依然是五、六年级的大课，校长、古丽依然站在操场边。

布鲁安：同学们，我来到塔什库尔干县领到的第一个战斗武器是羊鞭，要适应放羊这份工作，必须要强身健体。在放羊的过程中，我感悟到甩鞭放羊的趣味，于是编排了羊鞭舞，这是一套刚柔并用、行云流水的舞蹈，现在我先给大家示范，然后一起分享。

羊鞭舞编排得很流畅，又酷又飒，这舞当然由古丽作指导，古丽大方走到学生前面，和布鲁安一起示范，在节奏感强烈的音乐伴奏下，他俩跳的羊鞭舞，获得阵阵掌声，学生们也有模有样跟着舞起来。曲校长也和全校师生一起嗨起来。其实，昨天布鲁安就向古丽提议，将羊鞭舞去繁从简，给学生们一个便于掌握的全新视觉。

音乐课。

布鲁安拿着冬不拉走上讲台，这是他跟吐啦洪大叔学的。虽弹奏水平不高，但节奏感极强。

布鲁安：同学们，我们先一起学几首歌，然后再教你们一些基本的乐理知识，今天，我想把一首《我们新疆好地方》推荐给大家。

我们新疆好地方啊

天山南北好牧场

戈壁沙滩变良田

积雪溶化灌农庄嘞

我们美丽的田园

我们可爱的家乡

在冬不拉的伴奏下，同学们一句一句学唱。

布鲁安：这是一首非常好听的歌曲，是赞美我们大美新疆的歌，要带着情感唱。这首享誉全疆的歌曲，用童声唱，会有别样的风格。

听布鲁安讲课是一种享受，这与他的成长经历分不开。从此，安老师（全校都这么称呼布鲁安了）的语文课、体育课、音乐课，成为县中心小学的品牌课。享誉学生、家长之间，甚至整个县城，布鲁安成为名师，他授的课成为名课。

当古丽津津乐道地向父亲讲起时，她难掩内心的激动，她对父亲说："我认为，布鲁安在学校获得的成功，有点逆境中觉醒的味道，源于他内心的自信和愉悦。他能将新的工作纯熟内化于自己的血液中，有一种优雅的舒展。"

何斯淘拜感到女儿心中的那份甜蜜。

你若安好，便是晴天。

布鲁安一头扎在教学中，面对两个班的教学工作，他必须一个人面对，从羊鞭到教鞭，跨度太大了，但他选择的是尽快熟悉、适应这个新岗位，这是组织上对他的信任和考验，正是这一过程中，他也成就了成长中的自己。遗憾的是他连和她散个步的时间都没有。善良的古丽理解，但内心还是纠结的，当羊倌多好呀，自由、深沉、浪漫，想见随时可见到，可现在呢？……

终于等到了一个周末。布鲁安和古丽可以漫步在县城大街上。

布鲁安：对不起，好久没有约你，我的知识太匮乏了，结构也不合理，必须认真备课，我不能误人子弟。

古丽：你不要妄自菲薄，你要相信自己，你的人生经历是最宝贵的知识。

布鲁安：你说得对！如果这样算的话，那我的知识很丰富了！

经古丽这么一点拨，他突然明白了，自己坎坷的经历、人生的经历，就是知识。

布鲁安：古丽，我现在特别想奶奶，是她抚养我长大，也是她教会我各种知识。到新疆来，也是她决定让我来锻炼、成长。否则，我也不可能遇见你！

古丽挽起布鲁安的胳膊开始漫步。对这两个一直相互惦记却互不打扰的年轻人而言，散步已经成为奢侈。此时，两个人轻言细语，一步一步，每一步都那么踏实，仿佛已经听到彼此的心跳。

他们一直在寻找相拥的理由，能说什么呢？能把自己的工作做好，让自己更优秀，让彼此引以为豪，就是深爱的最好的表达！

古丽停下脚步与布鲁安目光对视，才发现，他俩都曾为佚名老师和丹妮医生的故事感动，现在也为自己的故事所感动。

他们深情回忆。

从坡坡草地到冰山上的雪莲；

从舞动的羊鞭到古丽深情的那一眼；

从《古丽碧塔》到石头城老鹰的盘旋；

从地窝子炊烟到人生坎坷艰险；

……

再次目光相对。

布鲁安：我想要做的是一个坦坦荡荡、光明磊落的人，一步一步走好自己的路，一件一件认真做好自己想做的事。

古丽：你一直都是这样的人。

布鲁安：其实，我最近压力挺大的。既然当了老师，就必须对得起这个岗位，对得起孩子们，对得起农牧民的信任。

古丽：相信你自己。拿起羊鞭，你就是牧羊馆；拿起教鞭，你就是博学多才的教师；展开双臂，你就是真正的舞者。

布鲁安：我这都是跟你学的，你唱歌唱出歌的味道，跳舞跳出舞的味道，更重要的是，用你天使的味道，打开我的心灵。

两个年轻人紧紧依偎在一起，两颗澎湃的心也紧紧靠在一起。无论精神多么独立的人，感情上都总是在寻找一种依附，寻找一种归宿。

古丽，古丽……
远处传来大叔的声音。
何斯淘拜：你母亲昏过去了。
古丽、布鲁安搀扶着何斯淘拜快速赶回家。
帕里旦晕倒在床上，古丽赶紧在母亲嘴里放了五粒救心丸，布鲁安去叫救护车。很快帕里旦被送进县人民医院抢救。
经抢救，帕里旦已从急救室转到重症病房，这一次犯病是心梗发作，并非原来的风湿病。古丽已经通知姑姑玛依拉，她日夜守护在母亲病床前。何斯淘拜忙了一整天，古丽让他回家换件衣服再过来。

帕里旦：古丽，过来靠母亲近点。

古丽挨着母亲，半跪在病床前。

帕里旦：古丽，我这病呀，已经是十几年了，拖累你和你父亲的时间也太久了，是该和你们说再见的时候了。

古丽：不会的，十多年都熬过来了，这次一定能挺过去的。

帕里旦：古丽，我的病我知道，但这会儿，你父亲不在，有几件事我必须和你交代。

古丽：母亲，你慢慢说，我听着呢。

帕里旦：古丽，布鲁安是个好孩子，你嫁给他吧！帕里旦似乎看到了古丽的顾虑，微笑着说道：你也是汉族孩子，你是革命烈士的遗孤。

古丽：母亲，你糊涂了吧？

帕里旦：母亲这会儿清楚着呢。你的原名叫王曦，你的父母亲都是共产党员，我和你生母同在迪化一所中学当老师，她教声乐，我教舞蹈，我和你生母是非常好的朋友。你出生后，我几乎天天去看你，当时，我和你父亲刚结婚，还没孩子，就认你为干女儿。你还在襁褓中时，你亲生母亲含泪把你交给我，让我连夜带你离开迪化。我带你离开后的第二天清晨，你亲生父母就被盛世才抓走了，从此，我们开始了颠沛流离的生活，我们相依为命。我和你父亲还有你姑妈玛依拉，带着你从北疆到南疆，当时新疆还未和平解放，我们也只能东躲西藏。新疆解放了，你父亲被分配到了塔什库尔干。你从小是喝羊奶长大的。我们虽然条件艰苦，但因为有了你，我们是快乐的，我们决定不管遇到多大困难，我们也要把你抚养成才，你是革命烈士的遗孤啊！

古丽：母亲，为什么会是这样呢？

帕里旦：这一切都是真的！

古丽：母亲，您永远是我的亲生母亲。

布鲁安是个好孩子，你比他大三岁，你就主动点，不要放弃。如果真有那么一天，你们记得婚礼上为我跳

《鹰之舞》，告慰我的在天之灵。

古丽：母亲别说了，我永远是您的好女儿。

帕里旦：你要答应我。

古丽点头说，我答应你。

帕里旦：还有……她拿出一个长命锁，这是你亲生父母留给你的，布鲁安是个好孩子……

没说完，帕里旦就昏过去了。

何斯淘拜赶到医院，紧紧握住帕里旦的手：我俩风雨几十年，解放前，每一天都是站在刀刃上起舞，我们每日提心吊胆，战战兢兢，如履薄冰。现在已经安定下来了，你一定要挺住，你是咱家的顶梁柱啊！

姑姑玛依拉已经赶到医院病房。布鲁安等学生放学后，立即赶到医院，帕里旦已经不能说话了，但强撑着，把布鲁安和古丽的手放在一起，眼睛里滚出了泪水。

帕里旦这位伟大的母亲，永远留在塔什库尔干了，她是民族团结的典范。为了烈士的遗孤，一个汉族人的孩子，她风霜雨雪地往前冲，染上一身顽疾，直至病逝。

帕里旦长眠在塔什库尔干革命烈士陵园。

何斯淘拜：古丽，以后我也要留在塔什库尔干，不能让你母亲太孤独了。你俩先回去吧，我陪她再待会儿。

古丽、布鲁安点上香，深深三鞠躬。

母亲，我们会经常来看你的。

十五

丹妮医生到塔什库尔干巡诊，回喀什地区医院后，就立即向医院申请到塔什库尔干县工作。塔什库尔干的妇科病给当地妇女带来极大痛苦，他们太需要丹妮医生这样的专家了。丹妮医生动之以情、晓之以理的报告，令医院领导找不出理由拒绝，便同意让她调到塔什库尔干县医院，但要求她每年回喀什地区医院坐诊二到三次，丹妮医生同意了这样的安排。

丹妮医生带着两名助手上塔什库尔干县了，此时，谢佚名的中医门诊所已经在简陋的平房里开业了。县人民医院已经做出决定，为更好服务全县广大农牧民群众，成立中医门诊科，由谢佚名负责，成立妇产门诊科，由丹妮医生负责，用最快的速度盖两排最好的诊所，由满仓带领的工程队来完成。

这一天是一个值得纪念的日子，在县委书记和医院党委书记的见证下，中医门诊科和妇产门诊科成立了党小组，丹妮医生在喀什地区医院就加入了中国共产党，理所当然地，这两个新成立的科室，她任党小组书记。同时，县委决定派谢佚名到北京中医院进修，丹妮医生到北京协和医院进修，时间都是三个月。

被打成右派分子的谢佚名，虽然过了多年与世无争的日子，但他胸中的那团爱国爱民的火焰，无时无刻不在燃烧，那忧国忧民的情怀，无时无刻不萦绕于心。他期盼自己能加入中国共产党，能用自己的才华和学识为祖国和人民做些什么。尤其在深入了解了陈潭秋、毛泽民等革命烈士的事迹后，他更加坚定了这个想法。即便明知因身份所限，自己很难实现这个梦想，他仍然决定撰写入党申请书。

这天，谢佚名还郑重向党组织递交了入党申请书，申请加入中国共产党：

尊敬的党组织：

我是湖南人，我家也是革命老区，我在农村长大，小时候父母对我要求十分严格，爷爷奶奶常给我讲红色故事，唱红歌。自然灾害时期，也是国家最困难时期，我从未听老人们发过牢骚。爷爷说，过去的中国，三座大山压在中国人民头上，都挺过来了。今天，国家有困难了，中国人民咬咬牙，一定能挺过去的。

我知道现在自己离一名共产党员的要求还很远，但请允许我表达对党的崇敬和忠诚。无论党组织接不接受我，我都要积极向党组织靠拢，我相信我的这颗红心，经得起历史的考验。

从今天起，我就用一名共产党员的标准，严格要求自己，担当使命，对党忠诚，为塔什库尔干广大农牧民的健康服务，为民族大团结多做贡献。

中国有五千多年的文明史，是世界上各种古老文明形态中唯一没有中断的文明，为人类文明进步做出了不可磨灭的贡献。在中华文明土壤中诞生的中国共产党人必然会汲取优秀传统文化的营养，必然义无反顾地将优秀传统文化发扬光大，为伟大的建党精神提供滋养。为此，我会奋斗终身。

谢佚名向组织递交入党申请书后，难掩内心的激动。他对丹妮医生说：在塔什库尔干工作，最稀缺的是氧气，最宝贵的是精神。就如这尘世里的我与你，因为深爱，所以等待；因为等待，所以幸福。都说爱一个人不易，爱上了，别放下，因为放下一个曾深爱的人更难啊。

在塔什库尔干的金银滩草地上，我看到布鲁安放羊时挥动的羊鞭，看到他和古丽跳舞时矫健的身姿，真想变成一株青青小草，心无旁骛地尽情享受塔什库尔干的风景。可在我的内心，珞珈山樱花大道的倩影一直挥之不去，那是年轻的我，梦开始的地方。

淡入岁月的故事，静静摇曳。

默默坚守，无私奉献，这是谢佚名的人生写照。丹妮医生静静地听着谢佚名这番质朴、生动的表白，任凭泪水簌簌滴落，却无力抹掉。

丹妮医生上山不久，谢佚名第一次开讲，他煮了一壶奶茶，招待布鲁安、古丽、满仓、小芹，还有霍林、金狗。他给每人倒了一杯奶茶，算是对他们来庆贺的报答。

他说：这壶奶茶，看似是奶和水，其实备受煎熬的是这里面的茶。

谢佚名继续讲：县人民医院想农牧民所想，急农牧民所急，要给我们盖两排门诊室，满仓啊，你一定要保质保量完成任务。还有，我们在座的每一位都要成为志愿者，做好为农牧民的服务工作，我向县人民医院的报告已经批准了，古丽明天到位，除了给丹妮医生当助手，还负责整个行政工作。

作为行政管理者，谢佚名也是合格的。

以后，只要时间允许，欢迎你们当亲戚一样常来走动，更好地为农牧民服务。

掌声四起。

谢佚名：我今天依旧给大家炖了一锅羊汤，我想告诉大家的是，无论与谁交往，都要守诚信。诚信是一种美德，是对朋友的尊重，是对幸福的珍惜。再者就是要乐观，学会取悦自己，再苦再难的生活也能变得趣味丛生，苏轼就是这样一个人，他这一生，经历的黑暗多，享受的月光少。家庭不幸，母亲、妻子、父亲、儿子，相继离他而去。仕途不顺，不是被贬，就是在被贬的路上，鲜少过安稳日子。但世人讨论他的时候，想到的都是有趣的苏东坡。

虽然丹妮医生刚到塔什库尔干，根据县委安排，过几天我们将去北京进修，临行前我给大家留下一个"断剑"的故事。

据传在春秋战国时代，一位父亲和他的儿子出征打仗。父亲已经做了将军，儿子还只是马前卒。又一阵号角吹响，战鼓雷鸣了，父亲庄严地托起一个箭囊，其中插着一支箭。父亲郑重对儿子说，"这是家传宝箭，佩戴在身边，便可使你力量无穷，但千万不可抽出来。"

那是一个极其精美的箭囊，厚牛皮打制，镶着幽幽泛光的铜边儿，再看露出的箭尾。一眼便能认定用上等的孔雀羽毛制作。

儿子喜上眉梢，贪婪地推想箭杆、箭头的模样，耳旁仿佛嗖嗖的箭声掠过，敌方的主帅应声斩马而毙。果然，佩戴宝箭的儿子英勇非凡，所向披靡，当鸣金收兵的号角吹响时，儿子再也禁不住得胜的豪气，完全忘记了父亲的叮嘱，强烈的欲望驱使着他"呼"一声就拔出宝箭，试图看个究竟。骤然间，他惊呆了，箭囊里装着的只是一支折断的箭。

我一直挎着支断箭打仗呢！儿子吓出一身冷汗，仿佛顷刻间失去支柱的房子，轰然间意志坍塌了。

结果不言自明，儿子惨死于乱军之中。

拂开蒙蒙的硝烟，父亲捡起那支断箭，沉重地啐了一口道："不坚信自我的意志，永远也做不成将军。"

众人听完之后，纷纷陷入了沉思……

把胜利寄托在一支宝箭上，多么愚蠢，而当一个人把生命的价值交给别人，又多么危险。

自我是一支断箭，若要它坚韧，若要它锋利，若要它百步穿杨、百发百中，那么只能通过努力拼搏和相信自我去磨砺它、拯救它。

丹妮医生、谢佚名到北京进修，是县委、县政府对他俩的关心，也是县委、县政府对广大农牧民的关心，当然得到了自治区党委和政府的大力支持。

丹妮医生到北京协和医院妇产科进修，主任是林巧稚，在这里，她较为系统地学习了宫颈癌和溶血症的治疗方法。特别是林巧稚提出的以预防为主，对广大正常生活中的妇女进行疾病普查，丹妮医生深受启发和教育。

在孕妇临产的时候，林巧稚总是握着她们的手帮她们擦去脸上豆大的汗珠。丹妮亲眼见到了，学习到了，在她的工作中也做到了。

谢佚名在北京中医院进修，在北京专家指导下，对中医基础理论进行了重新梳理，加之他特意带来的"高原一号"、"高原二号"道地药材配方，北京中医院专家也多次开专家论证会，在充分肯定的基础上对两味药方做了调整。

他俩的进修，将给塔什库尔干广大的牧民带来更多的福祉。

离京前，他俩还到王府井买了北京小吃，带给塔什库尔干的朋友们。

最令谢佚名兴奋的是，在北京寿仙草堂，他看到了灵芝仙草，在读《本草纲目》这本书时，他就记住了这味药，他毫不犹豫地掏出钱包，连回新疆的火车票钱也拿了出来，全部购买灵芝仙草。反正有丹妮在。

我国古代文献中，有许多论及灵芝的著作。《神农本草经》约见于公元前一世纪，是我国最早的药学著作，也是最早论及灵芝的药学著作。所载药品分为上、中、下三品，上药"主养命以应天，无毒，多服、久服不伤人"，皆为有效、无毒者。灵芝则位列上药中之最高品目，居十大名药之首。随着岁月的流逝，还有大量有关灵芝的著作已失传。但是，李时珍的《本草纲目》著作就在《神农本草经》的基础上进一步补充、修正了有关灵芝的论述。

灵芝味甘，性平。归心、肺、肝、肾经；具补气安神，止咳平喘的功效，用于心神不宁，失眠心悸，肺虚咳喘，虚劳短气，不思饮食。

如果"高原一号"能少许加点灵芝仙草，功效将会有更神奇的作用。

三个月很快就过去了，谢佚名、丹妮医生结束了在北京的进修回塔什库尔干县了，两排整齐的门诊科室也盖好了。设备都是喀什地区医院提供的。

全县人民像过"肖贡巴哈尔节"一样，进行盛大的庆祝。古丽是主角，她的独舞把气氛推向了高潮。

小芹怀孕了。满仓没时间送她回老家了，正好小雨也来了，她的小吃店就开在塔什库尔干县城，真像她自己说的，这次来，真没有高原反应了。或许这就是缘分。照顾小芹的活儿，自然落在了她头上。丹妮医生来了，即便在塔什库尔干县生下小宝宝，对满仓和小芹也是福音。

丹妮医生！丹妮医生！

满仓推着小芹：她要生了。

丹妮医生：马上推进产房。

小芹成为塔什库尔干县医院妇产科的第一个产妇。

满仓和他的小伙伴们焦急等待在产房外。

古丽和布鲁安也赶来了。

"哇"的一声哭啼，一个六斤七两的男婴诞生了。

从产房到病房，满仓只看了娃娃一眼，病房全是封闭的，病房外的友人们互相道喜。

满仓突然跪在地上，叩了三个响头。

满仓：感谢丹妮医生，感谢小芹！娘，您有孙子了！

他站起来，看着佚名老师说：起个名儿吧。

谢佚名：小名叫仓满，大名叫库尔干，让他记住养育我们的这片土地。

满仓：好，库尔干，这名字好，响亮，朗朗上口，寓意深刻。

库尔干，出生在刚落成的医院里。

十六

古丽约上布鲁安一起给母亲上坟，她想母亲了，她有许多心里话想对母亲说。

母亲的去世，给古丽的打击是巨大的。小时候虽然过着颠沛流离的生活，但母亲的怀抱永远是她最温暖的港湾，有母亲温柔悉心的呵护，她从未感到过孤单失落。

自从母亲临终前告诉古丽，她是汉族的孩子，是烈士的后代，她就再也平静不下心情，母亲一生的付出真是太多了，多么伟大的母亲啊！

离开了母亲的墓地，他俩又来到了坡坡草地，看来他俩是有段时间没见面了。

古丽：有件事必须告诉你。

性格开朗活泼的古丽，突然严肃的态度，让内向的布鲁安有些不适应。

古丽：前几天，我童年的小伙伴阿拜，刚从新疆农业大学毕业，他专程来塔什库尔干，我们见面了。

古丽的坦诚，让布安自然许多，他知道，古丽的童年是在伊犁地区度过的，那是战争年代，古丽的童年小伙伴，那也是患难之交。

古丽：他父亲阿不都是革命时期的老干部了，曾任喀什地区的副州长。我俩从小一块儿长大，在伊犁昭苏的时候可是朝夕相处呢！我们的关系就像佚名老师说的"青梅竹马"。后来我父亲，就是在他父亲的带领下，走过夏塔古道，翻越天山，穿过冰达坂，来到南疆，开展与国民党反动派的革命斗争。那时，他母亲带着他，我母亲和姑姑轮流背着我，新疆和平解放后，他父亲留在喀什，我父亲到了塔什库尔干。

布鲁安：啊！

古丽：他说他现在刚大学毕业，现在分配到喀什地区农业局工作，问我愿意到喀什去工作吗？他父母年纪也大了，需要照顾。我说，心意领了，但去喀什工作是不可能的，母亲刚走，家里只有父亲一个人，我得陪父亲。他说，他也可以考虑来塔什库尔干！童年时，他就是我的保护神，任何人想欺负我，他都是第一个站出来保护我。在那遥远的地方，在那艰苦的时代，留下很多难忘的回忆，圆童年的梦想，他希望我能认真考虑。

布鲁安：那你怎么回答他呢？

古丽：这还有什么可回答的？我父亲在这里，我母亲也在这里，还有……

古丽停顿了一下，看了布鲁安一眼：

你也在这里。我和他虽然一起长大，虽然有很多童年的趣事，但我明确告诉了他，我已经有了心上人。他追问我对象是做什么的，我回答他是当"倌"的，至于在哪里当官，我也就没说。不过现在已经"弃官从文"了，是人类灵魂的工程师。

布鲁安：你说的那人不会是我吧？

古丽笑了，笑得那么甜，那么脆。她跨上心爱的棕色骏马，一阵风似的在山谷里奔跑，她在马背上问布鲁安：

你说是不是你呀？

布鲁安骑上马，追古丽：当然是呀！

古丽：那你怎么没有表白呀！

布鲁安：我俩在"转场"时，不是"姑娘追"了吗？我俩不都表白了吗？！

古丽的笑声在山谷里回旋，骑着快马：

我有事，先走了。

她渐渐消失在广袤的草原之上。看着古丽远去的背影，"天上何曾有山水，人间岂不是神仙。"布鲁安大声呼喊，古丽，你这是去哪儿呀？

……

布鲁安突然变得六神无主，他开始焦虑了，又有些无奈。闷闷不乐地来到中医诊所想找谢佚名聊天，谢佚名认真地给他把脉看病。

谢佚名：你病情严重啊！

布鲁安：真的，多严重？

谢佚名：你得的是相思病啊！

布鲁安：相思也是病？

谢佚名：当然呀，严重时，食不振，睡不香。

布鲁安：我这是……？

谢佚名：属于严重型。

布鲁安：那怎么办？

谢佚名：首先，你要了解自己。

布鲁安：我不了解自己？

谢佚名："不识庐山真面目，只缘身在此山中。"人往往会被眼前的事物所局限，容易做井底之蛙。如果跳出当下的所在，站在更高的格局中，看到的才是事物的全局和真相，才明白自己最想要的是什么。有些人，一转身就是一辈子。不要因忙碌的工作而忽略了真正牵挂你的人。是谁帮你渡过生命中最难的阶段？你是要相伴一生的幸福还是转瞬即逝的快乐？

布鲁安：当然是选择相伴一生啊，佚名老师，我明白了，我和古丽，一起经历风雨，见证岁月，是她默默守护，带我走出困境。我马上找古丽，告诉她，我不会辜负她的，给我一点时间，我会调整好自己，以微笑面对情感与工作间的关系。

谢佚名：这就对喽。何斯淘拜和帕里旦两位老人为了古丽，可是付出了一生的心血，为民族团结做出了巨大贡献，我们不能忘记啊！多想想他们，心性会一点点厚重起来，格局会一点点大起来。多想想古丽，你一定会体会到不一样的安宁与从容。

心由境转，境由心生。

布鲁安：细细想来，我的心性和格局的确不够。

谢佚名：你和我，算是"盲流"到塔什库尔干的，跟古丽一家所做的比起来，我们都太渺小、太微薄，但我们在民族地区能够生存下来，就要感谢塔什库尔干的广大农牧民啊！

布鲁安：是啊，是塔什库尔干农牧民给了我第二次生命，给了我温暖，给了我刻骨铭心的记忆，给了我勇气和信心。

谢佚名：古丽是个好姑娘，何斯淘拜待你像家人，你可千万要珍惜这份情谊。

布鲁安点了点头。

谢佚名：用心对古丽吧，记住，爱情是很容易错过的。

谢佚名的话提醒了布鲁安，珍惜古丽的真情，否则只会在遗憾中度过一生。布鲁安又想起奶奶说的：要懂得珍惜已有的，不能等失去以后再去后悔，珍惜幸福才能拥有幸福。

　　阿布都专程到塔什库尔干县，他是来看何斯淘拜的。

　　从昭苏到南疆，他俩并肩战斗，如今战友的夫人离去，他也十分难过。

　　阿不都：老伙计，节哀啊！

　　何斯淘拜：谢谢你来看我，我们可是枪林弹雨走过来的生死之交啊。在昭苏跟着你参加游击队，我们铁心跟着共产党走，牺牲了那么多战友，我们都挺过来了。现在帕里旦走了，我很悲痛，但能顶得住。

　　阿不都：老伙计能这么说，我就放心了。帕里旦也能含笑九泉了，等会儿我俩去看看她。

　　何斯淘拜：她见到你一定很高兴！

　　阿不都：是的，我儿子阿拜大学毕业，前些天他专程来塔什库尔干县了，还见过古丽，回喀什他就跟我说了，他忘不了童年，希望古丽能到喀什去，我当时就说他糊涂，古丽去了喀什，他父亲怎么办？他说，他也可以上塔什库尔干呀！我说那你母亲怎么办？现在的年轻人呀！还是自私。不过古丽态度坚决，拒绝了我那小子的请求。

何斯淘拜：是吗？古丽没跟我提过此事，不过，阿拜是个好小伙子，他一定会有很好的前途。哎，孩子们都大了，我们也慢慢地老了，来日并不方长啊！

阿不都：是啊，是啊，我跟儿子说了，别勉强古丽，她从小是我看着长大的，是个好孩子。

正在这时古丽回来了。

古丽：阿不都叔，听说你来了，我真高兴，请假就回家了。看你身体这么硬朗，阿里丹姆阿帕依好吧。

阿不都：好着呢，过来让我看看。

古丽走到阿不都身旁。

阿不都：小古丽都成美古丽了！还记得当初，我们游击队在昭苏的时候，你大大方方走进指挥部，给我们讲故事呢。

古丽：哎呀，阿不都叔，千万别提了，我那时太小，不懂事。

阿不都：当时我就说，这小古丽，不简单，将来可成大事。

古丽：瞧你说的，我每天骑着马儿唱着歌在草原上放牧，但是我很开心，按父亲的要求，每年参加"转场"，前些日子，我还导演了一场两人的"转场"游戏，玩得可开心了。现在我们县医院办了中医门诊科、妇产门诊科，我成了丹妮医生的助手，兼行政总管，阿不都叔，您和我父亲虽然退了，但这件事，一定要支持我们。

阿不都：一定支持！丹妮医生是我们喀什地区的名人啊。

古丽：您和我父亲先聊会儿，我去"醒面"，一会儿给你们做面片。我母亲的手艺，我只学了一点点。

何斯淘拜：古丽，你再整两个菜，我和你阿不都叔喝两杯。

古丽：好的，我已经给布鲁安说了，让他下班后就回家，他的酒量可以给你们作陪。

阿不都听出了布鲁安是谁。古丽说的布鲁安，一定是勇敢斗混混的那个勇敢的年轻人。

布鲁安回来了，他把两位革命老同志陪得美美的，他的酒风，让两位革命的老同志感到放心。

古丽不停地介绍谢佚名，介绍丹妮医生，介绍他们业务的精湛，还有他俩曲折、漫长的爱情故事。

古丽的讲述深深感动了两位革命老前辈。

人生是通过时间磨砺出来的，成长是通过经历积累出来的。在塔什库尔干，布鲁安丰富了自己，锻炼了自己。面对两位老前辈，他感慨，为边疆建设，民族大团结，他们付出了太多，他们的使命感和奉献精神永远激励着自己和古丽这一代人。

十七

泥石流是山区特有的自然地质现象，连续几天的暴雨，山谷中出现雷鸣般的声响，短时间内，能运移成百万立方米的泥沙、碎石，以至巨大的石头块。这一次的泥石流来势汹汹，具有极大的破坏力，堵住了进城的唯一通道。

县委、县政府决策，紧急部署。按县委统一部署，各部门紧急行动起来，解放军、武警边防、民兵全力投入到抗泥石流的战役中。

停电、停水，通信网络也中断了。

塔什库尔干成为一座孤城，险情就是命令，赢得时间就是赢得了人民生命财产的保证，电话局抢险队火速出发。

布鲁安和学校几名男老师的任务是，跟随电话抢修队抢修电话线路。

县委命令：一定要尽快恢复电话畅通。

布鲁安推着手推车，上面装的全是电话线，泥泞的道路上，他艰难前行。

泥石流发生在城外十几公里处，电话抢修队从零公里开始仔细检查，每段线路都不能放过。

增援的部队正在急行军。布鲁安脸上、身上早已全是泥，他推着车，跟着抢修的师傅们一段一段察看。

雨还在下，困难比想象的大得多，电话线已经不止一处断线，送来的电线很快用完了。布鲁安必须返回电话局，往返拿来更多的电话线。此时，汽车已经无法派上用场，路上没有可以掉头的地方，一辆汽车就可以把整个峡谷的路堵死。电话局通过汽车，已经把电话线集中在零公里处的帐篷里。

布鲁安推着小推车返回，队长又组织了两辆小推车，男人不够用，又请来四位年轻的女员工参加抢险增援队伍，她们是话务员，到底是女人心细，身上还背着一袋馕。

布鲁安推着装有电线车的小车已经折返两次了，一夜没有合眼，天亮了，雨也小了，可与泥石流的战斗并没有停止。

暴雨刚停，把医院的工作安顿好，古丽急匆匆赶回家，她知道父亲手脚不灵便。此时，县城里的路也被冲断了几处，她深一脚浅一脚，推开大门，父亲坐在墙根儿下抽着"莫合烟"。

古丽：父亲，您这是……?

何斯淘拜：我是等待你和布鲁安回家救援呢。

古丽：您吓死我了。

何斯淘拜：屋子漏雨，我又不能爬高爬低，只能等待救援呀!

古丽：布鲁安没回来?

何斯淘拜：这个时候他怎么会回来，一定是到组织上最需要的地方去了。

古丽只能把家里的房间简单地收拾了一下，漏雨的地方用盆接着，交代父亲千万别出门，就在家里待着，急忙找布鲁安去了。等她赶到布鲁安宿舍，只见桌上留下一张纸条：

古丽，我随电话抢险队去抢险。

——布鲁安

古丽夺门而出，向城外泥石流方向飞奔。

布鲁安推着装有电线的小车赶到前线，雨虽然停了，抢修员在电线杆上爬上爬下，布鲁安特意带来了他的"羊鞭"。他想到了甩羊鞭，将电线捆在羊鞭头上，准确地将电线甩到抢险队队员的手上，这样，节约了大量时间和体力。布鲁安一次一次挥动羊鞭，一次一次准确地将电线送到队员的手上，加快了抢修线路的速度。

"布鲁安，可以呀！没想到你这甩羊鞭的招数还能在这儿派上用场啊！"

一队员在电线杆上大声喊道。

"我的羊鞭就是我的部队，这就叫养兵千日用兵一时啊！"

布鲁安回答。

雨又下起来，抢修队决定兵分两路，一路火速赶到泥石流堵点，一路顺着电话线向前，排除隐患。布鲁安积极要求上前线，因为他已是中国共产党党员了。

人海战术，布鲁安被眼前的战泥石流场面震撼了。飞沙走石随着雨水不停地往下滚，而电话抢险队队员必须向坡上有电话杆的地方爬行，要找到断了的电话线头。布鲁安背着电话线，随抢险队队员艰难地向山顶爬着。

抢险队员决定先把山坡上的电话线拉到公路边，找个安全地带，把电话线临时接通。当他们找到断了的电话线接上新的电话线，拉着线下山时，突然一声巨响，布鲁安随着响声从山坡上滚下，随之而来的石头也在飞滚。布鲁安和石头一起滚下了山坡。

　　布鲁安！队员的喊叫声划破夜空，一道道闪电把黑夜的寂静打破。

　　……

　　当队员们找到布鲁安时，他躺在地上，旁边就是一块大大的石头。头摔破了，满脸是血，身上也是血迹斑斑。

　　电话抢险队队员赶紧去附近找解放军医护人员来包扎。

　　"布鲁安，你可要坚持住。"

　　布鲁安用微弱的声音说道：

　　"你们快去抢修电话线，我没事。"

　　很快雨又停了，天空依旧阴沉，朵朵乌云在天空上飘浮着，说不定雨一会儿又来了。

古丽赶到现场，只见布鲁安躺在大石头旁，头上包着纱布，胳膊、腿上也是包着纱布。

电话局两个女同事守着他，见古丽来了，一女同事忙不迭地说道：他命真大啊，人和山石一起往下滚，当时把我吓死了，那场面、那气势，活像战争片的场景。他已经 36 个小时没合过眼了，幸亏解放军医疗队就在附近，立即帮他包扎处理了伤口。我们正在找平板车，马上拉他回县医院作进一步治疗。开始他还说不用管他，抢险需要人，说着说着双眼就闭上了，昏过去了。想想他 36 个小时没睡觉，还和泥沙、石头呀一起滚山坡，还能撑过来，真是英雄啊！

古丽：谢谢你们了，等找到平板车，我拉他回县医院，你们都留在前线吧！

平板车找到了，古丽在电话局两个同事的帮助下，把布鲁安放到了车上。她将自己的雨衣盖在布鲁安身上，拉着平板车，艰难行进在回县城的路上。布鲁安躺在平板车上，迷迷糊糊，双眼已经睁不开了，古丽拉着他，泪水、雨水、汗水早就浸湿了她的全身。公路上，不时有石头滚下来，古丽也只能停停走走。看着躺在平板车上的布鲁安，她心急如焚，脑海中浮现的念头是一定尽快将布鲁安送到医院。

道路依然泥泞，清晰地留下了古丽的脚步，她深一脚浅一脚，在泥泞的道路上前行，给大地留下了一排排脚印，留下了一排排平板车的车轮印痕，这是古丽写给这片土地的诗篇，也是古丽对布鲁安最深沉的爱。

布鲁安，可爱的布鲁安！你要挺住啊！古丽泪水含在眼里，她想尽情地哭出来，发泄自己……但眼下，她必须坚强，布鲁安还躺在平板车上，还需要她的照顾。

生活呀，真是不知道明天和意外哪一个先到来。

古丽真希望是自己躺在平板车上。此时此刻她咬咬牙，只有一个信念，那就是早点把布鲁安送到医院。古丽在心底对布鲁安的爱已经化为一种坚韧的力量。在泥泞的道路上，她独自拉着平板车，向前，每前进一步都是艰难的。向前，每一步都是希望……

医院急救室正抢救布鲁安，吊瓶已经挂上了，但布鲁安依然昏迷不醒，古丽含泪看着吊瓶，一滴一滴流进布鲁安的血管，流进她的心里。

已经是深夜了，何斯淘拜赶来。

古丽：父亲，您走路不便，怎么还赶来医院了？

何斯淘拜：出了这么大的事，我怎么能不来呢？

古丽的泪水哗哗流出：父亲，我好怕呀，您不是说，布鲁安刚上山那会儿也是几天几夜没睁开眼，还准备……

何斯淘拜：这次不一样，不一样。

谢佚名来了，他是中医，丹妮医生来了，她是心内科专家。

谢佚名给布鲁安号脉：不急，目前医院诊断是脑震荡，是正确的，加之他浑身是伤，会昏迷一段时间，不过明天会醒的。

古丽：他刚刚呕吐，这会儿又昏迷过去了。

谢佚名：这是典型脑震荡的反应。

满仓和朋友们都来了。

满仓：古丽，要不让小芹现在替你看着布鲁安，你回家休息，明早你再来，如何？

小雨：古丽，想吃什么跟我说，我保证饭菜供应。

布鲁安已经度过危险期，当他睁开眼睛时，映入眼帘的是房间的白墙，他第一眼看到的是古丽。

布鲁安：我这是在哪儿？

古丽：你在医院，是解放军战士救了你。

护士：还有这位古丽，是她拉着平板车走了十几公里的山路，把你拉到医院来的。

布鲁安望着古丽，努力回忆着，他还是没想起来发生了什么。目光移到古丽手上，古丽的小手俨然布满血茧，还有那肩上一条紫紫的暗红印痕，那是拉平板车留下的，只是布鲁安看不见。

布鲁安轻声呼唤，古丽……他溢出泪水，有多少想说的话呀！

古丽：你安静休息，我刚得到消息，在各方的通力合作下，电话抢险队完成了任务，临时电话线已经接通，县委已经与地委联系上了。县上的电、水也正在逐步恢复。前方的道路也在全力抢修。

听到这儿，布鲁安似乎才想起来自己这两天做了些什么。

布鲁安：古丽，谢谢你啊！

古丽：谢我什么呀，是解放军战士救了你，没有他们及时抢救包扎，要等我拉着你回县医院，什么都晚啰。

布鲁安：十几公里，你拉着我，我躺在平板车上？……

古丽：泥石流给了我机会让我检验一下自己是不是像自己想象的那样坚强勇敢呀！说心里话，你躺在我拉的平板车上时，山坡上不断有石头滚下来，我只能停停走走，心里特别害怕，生怕再出意外。

布鲁安露出了笑容，那么甜，那么真诚。

古丽：你是怎么滚下山的？

布鲁安：我哪知道呀！跟着泥石流，顺其自然地滚呗。

古丽：滚得头破血流？

布鲁安：在所不惜！

这时值班医生进来了。

布鲁安，你的英雄事迹已在医院传开了，向你学习啊！特别是用羊鞭甩电话线，抱着石头滚山坡，这些事被传得神乎其神。告诉你个好消息吧，你没有骨折，骨头可真硬啊。不过脑震荡是有的，瞧你这满身伤，青一块、紫一块的，别把美丽的古丽吓着了。

古丽：医生，我不怕，这用药擦伤口的事交给我。

医生：那我们护士不失业了。让布鲁安静躺几天，打点滴。这送饭送水的活交给你了。

古丽点头：放心吧，我一定把送饭送水的任务完成好。

塔县地处高原，空气稀薄，沸点不到 50 摄氏度，饭常是夹生的。

照料布鲁安期间，布鲁安的食欲令古丽担忧，他一直吃不进东西。经过医生检查诊断，怀疑是十二指肠溃疡。

古丽泪流满面地为布鲁安调剂饮食，尽量给他少食多餐。她全然不敢想象，这些年来，布鲁安像一团火般燃烧自己，面对现实，面对生活，需要怎样的勇气！这次战泥石流，他又是如此坚强和勇敢！他真是塔什库尔干的布鲁安！

天降大任，于斯人也！

十八

这是个很特别的日子，塔什库尔干县战胜泥石流祝捷大会，上午 11 点准时开始。

早上 9 点多钟，喜悦的各族人民，身着各自特色服装走出来了，涌向广场，开始了他们的表演，当地人称"暖场"。

"暖场"开始，在手鼓、沙巴依声中，都它尔、热瓦甫、艾介克等乐器弹拨出不同节奏的乐音，姑娘们婀娜的身段随着乐声摇曳多姿。舞蹈是新疆各民族人民生活的一部分，他们能歌善舞，无论是牧民或是农民都喜欢跳舞，他们的舞蹈动作丰富多彩，极富美感。

鹰舞，是当地民族最喜欢的舞姿，骏捷、淳朴、粗犷。今年的"暖场"和往年不一样，为了参加喀什地区的群众文艺汇演，县文化馆特聘了何斯淘拜、谢佚名这样的老艺术家和知名文化人，共五人，组成评委，挑选几支队伍去喀什地区参加文艺汇演。

县文化馆馆长首先宣布五位评委名单，会场纪律要求每支参赛队伍演出不能超过 20 分钟，下面就按抓阄顺序，依次出场。

第一支登场的是哈萨克族舞蹈《黑走马》。

歌和马是哈萨克民族的两只翅膀，黑走马是马中的尤物，走时步伐平稳有力，姿势优美，蹄声犹如铿锵的鼓点。骑上黑走马，犹如进入一种艺术境界，人在舞，马亦在舞。

第二个登场的是塔吉克族独舞《刀舞》。

舞者特波斯式长刀表演，节奏为 7/8 拍，有专用伴奏曲调，技巧高难，动作有挥刀进、错步跳、劈转等，颇具古代武士之风。

第三个登场的是柯尔克孜族舞蹈《草原上的两

朵玫瑰花》。

舞步比较复杂，且变化多样，以跳跃为主，节奏快，热情奔放，情感细腻，舞姿优美，风趣滑稽，具有浓厚的乡土气息。

第四个登场的是维吾尔族舞蹈《摘葡萄》。

这支舞具有历史悠久的文化艺术传统，特点是用身体各部位的动作，加以眼神的配合传情达意，从头、肩、腰、臂到脚上，都有动作。表现出豪放、稳重、细腻的风格。

五个评委，看得如醉如痴，有评委竟忘了举牌。舞者们热烈奔放，琴音响彻天边，人群攒动，观众流连忘返。各个民族舞都极具特色，尽显其民族风格。评委们反复商量、讨论，给出最终结果。

十一点整，祝捷大会开始。

县长讲话，喀什地区领导讲话，驻军领导讲话，接着进行表彰环节。

驻军三连，武警边防一支队，县民兵连获通令嘉奖。电话线抢险队获嘉奖。特别令大家期待的，布鲁安获得了"抢险英雄"的称号。县委书记亲自给他颁奖。

县委书记说：在这次抢险过程中，布鲁安的英雄事迹广为流传，什么抱得石头滚山坡呀等。我核实了一下，是抱着电话线滚山坡。

热烈的掌声送给了布鲁安。

"还有他那神奇的甩羊鞭，为抢险赢得了宝贵时间，为抢险队队员节省了体力，了不起呀！我提议，布鲁安现场给我们表演一下，让大家见识一下你的羊鞭舞！"

布鲁安笑道：那就请我的搭档古丽上台来和我一起表演。

台下的古丽早就准备好了。她信步登台，手里拿着一张报纸。将报纸展开，两只手分别握着报纸的左右两端。

布鲁安往后退了几步，对着场下观众说：大家仔细看好！

观众瞪大了眼睛，不知布鲁安要做什么。

只听"啪"的一下，伴随着清脆、简练、利落的一声响，报纸被劈成了两半。

"哇!"人群传来尖叫声。而古丽却面不改色心不跳,她扔掉一半报纸,将剩下的那一半报纸重新拿好,左右两只手再次各执一端。

"没看明白,再来一次。"场下有观众提议。

"啪!"又是一声鞭响,古丽手上的报纸又被劈成了两半。

观众顿时欢声雷动。人们将欢呼和掌声再次投向布鲁安和古丽,为布鲁安的精湛技能,也为古丽的勇敢淡定,更为他们之间默契的配合。

掌声中,县委书记说:

精不精彩?

精彩!

好不好?

好!

再来一个要不要?

要!

县委书记说:"我还知道布鲁安有一绝活,舞蹈,下面请布鲁安为我们表演舞蹈《鹰之舞》。"

布鲁安为参加今天的会早有准备，他穿上专门带来的一套民族服装，大方地走上主席台。

"今天我为大家表演舞蹈《鹰之舞》，谨以此舞，献给古丽的母亲帕里旦，并请我的舞蹈老师古丽和我一起跳，请何斯淘拜大叔用冬不拉为我们伴奏。"

何斯淘拜和他长期合作的鹰笛手、手鼓手走上舞台。

《鹰之舞》在欢快的节奏声中响起。

舞台上还站着8个女鼓手，倾心伴奏。女鼓手可是塔吉克民族的亮丽风景线。

布鲁安和古丽对这个舞蹈有特殊的感情。舞蹈饱含着他俩一路经历的欢笑和泪水。今天正是见证二人默契的时刻。只见布鲁安伸展双臂，前后摆动，舞步灵活多样。高潮时，激烈抖动双臂并摊开双掌，向左旋向右旋和侧身跃起，作雄鹰展翅、搏击风云之势。而古丽舞姿随布鲁安，动作略小而轻盈。双手在头部向里或向外旋抹，动作舒展而柔和。手鼓、鹰笛，台下的口哨击掌，和呼喊的"波浪"把气氛烘托得十分热烈。

布鲁安和古丽的表演天衣无缝。

最后由县委书记致结束词。

县委书记：各族同志携手共进，把塔什库尔干建设成为祖国的高原明珠……

广场沸腾了，在欢呼声中祝捷大会结束了。

何斯淘拜将佚名老师和丹妮医生以及他的几个老哥鹰笛手、手鼓手都约到家里，古丽做了一桌丰盛的菜，说是庆祝上午的演出成功，其实就是为了庆祝布鲁安得到嘉奖。

布鲁安给古丽打下手，跑前跑后，端菜喝酒两不误。

布鲁安从湖北到塔什库尔干，历经坎坷，无数次被命运的波澜掀起，此时此刻收获的是内心的笃定与坦然。

何斯淘拜：来，我们举杯，祝贺布鲁安得到嘉奖。

布鲁安：不敢不敢，我敬各位前辈对我的关爱。

大家一饮而尽。

鹰笛手：这鹰笛呀，是我爷爷传给我父亲，我父亲又传给我的。在塔县，我也算是个顶尖高手，鹰笛是我的命，今天我用鹰笛和布鲁安、古丽共同演出，是我这辈子最成功的一次，是我吹得最好的一次。你们跳的舞也是我见过的最好的舞蹈。

手鼓手：我也是，当我从父亲手上接过这手鼓时，我就知道这辈子我要和我的手鼓同生死共患难。布鲁安和古丽的舞蹈，每一个节奏都在点，我越敲越兴奋。这不，手指现在还疼。

又一杯一饮而尽。

古丽：布鲁安是我们塔什库尔干县的骄傲，今天又成为塔什库尔干县的英雄，我敬你一杯。

布鲁安：我不是英雄，我只是一名普通的中国共产党党员，我也只是做了点年轻人应该做的事，做了一件共产党员应该做的事。让我们一起为战胜泥石流，共同干一杯。

第三杯一饮而尽。

谢佚名最后说：我看布鲁安最大的优点，就是永远不抱怨、不放弃。他刚来塔什库尔干县，有过迷茫，有过自暴自弃，但面对残酷的现实，他最先读懂了自己，学会了独自强大。

这一切何斯淘拜看在眼里，喜在心里。他欣慰地笑了笑。

意犹未尽的几位老人围坐在一起。

何斯淘拜：今天大家高兴，我想为大家唱一段我们哈萨克族的民歌《故乡》。

谁不热爱自己的故乡母亲
总在思念让人难以忘怀她
我的故乡你常引起我的回忆
游子思乡情绪越来越长
啊……啊……
我的故乡你常引起我的回忆
游子思乡情绪越来越长

雪山松林映在蓝天白云中

座座毡房翠绿色的草原

无论我流浪天涯海角怀念故乡

故乡的名字使我骄傲给我力量

啊……啊……

无论我流浪天涯海角怀念故乡

故乡的名字使我骄傲给我力量

在何斯淘拜吟唱中，布鲁安和古丽情不自禁地翩翩起舞，与吟唱浑然一体。

那些点滴的相处如珍珠般串起绵长的回忆，何斯淘拜想起他和帕里旦在一起的那段日子，他俩抱着古丽，从迪化逃到伊犁河谷，穿过夏塔古道，最终到达塔什库尔干。古丽和布鲁安的舞蹈，他看在眼里，而那些往事，历历在目，记忆犹新。

冬不拉、鹰笛、手鼓再次响起，月亮高挂在天空，那么圆，那么亮。微风吹来，月光洒满一地。

十九

北京来了三位同志到达塔什库尔干。领队的姓宗，还是位女同志，还有喀什地委几位同事陪同。他们是专程来找布鲁安的，和县委交换意见后，就直接找布鲁安谈话了。

宗同志关切地问他：徐南，你来塔县时间也不短了，这边的生活还适应吧，工作顺利吗？

布鲁安：刚来时高原反应很大，现在我已经适应了。

宗同志：县领导介绍，你已经在县中心小学工作了，还加入了中国共产党。

布鲁安：都是组织上的培养，感谢组织。

宗同志：这几年你吃苦了，也受了很多委屈，有什么想法都可以说。

布鲁安：我从湖北来到这里，经历了人性和生存底线的挑战，也经历了人生中最糟糕的一段时间，但这种经历并不是每个人都能拥有的，我已经是共产党员了，光荣感和使命感我时刻牢记心中，所以我特别感恩党组织，是组织上给了我在磨砺中成长的机会，也特别感恩那些帮我融入到塔什库尔干各民族兄弟中的亲人和朋友们。如果说对未来有什么想法的话，当然希望拥有一个读书学习的机会，毕竟我的书读得太少了。

宗同志：不想回湖北？

布鲁安：不想。我离不开这片土地，离不开这些年培育我的亲人。

宗同志：你有这样的境界，我们感到高兴。你知道你父亲吗？

布鲁安：不知道，听奶奶讲，他走时，我太小了，没印象。其实我刚到塔什库尔干那会儿也想过，我的父亲究竟是位怎样的人呢？

宗同志：你父亲是一个有信仰的人。现在能告诉你的是，他是一位爱国将领，而且为我党作出了特殊的贡献。

布鲁安：回想风雨坎坷的这十多年，是父亲给了我生命，此刻也有一种情感淹没了我，那就是对父亲的感恩之情，我不知是对还是错。回首在塔什库尔干的这些年，我更加明白，个人命运和国家的命运是十指相连的，我想说，如果能为边疆建设和民族团结做贡献，这也是我此生的荣幸。

宗同志：牢记党对我们的关心、培养，做一个有理想、有信仰的人。继续为党和国家努力工作。

宗同志简单介绍了父亲的革命生涯。

布鲁安怔住了。他来塔什库尔干已经十多年了，那一年，他才15岁，戴着家庭出身不好的帽子来的，幸亏有何斯淘拜等民族同志给了他百般的呵护和照顾。现在他更明白了，党组织一直在关心着自己，他才能在苦难磨砺中茁壮成长。

父亲是有信仰的人，这是他的选择，布鲁安是革命后代，这是命运对他的考验。听完宗同志的介绍，布鲁安决心向父亲那样为实现中华民族伟大复兴而奋斗！坚定自己的理想与信念。

宗同志：我们会满足你的要求，尽快安排你到北京上学。

布鲁安：真的呀！到北京上学。

布鲁安如果真能去北京上学，他的学生，那些塔什库尔干农牧民的孩子，那一双双对知识渴望的眼神，不是正期盼着布鲁安老师获取更多的知识教给他们吗？

宗同志：是的，这一切都是真的。

布鲁安难掩内心的激动，他准备出门，轻轻三下敲门声响，这是他们的暗号，古丽来了。

古丽：准备出门呀？

布鲁安：正准备去找你呢。进来，快坐。

布鲁安为古丽倒了杯水，也为自己倒了杯，面对面。

古丽：今天我来呢，是有件非常重要的事告诉你。

布鲁安：今天我去找你呢，也是有件非常重要的事告诉你。

古丽：那你先说。

布鲁安：你来找我，你先说吧！

古丽：我父亲说，他已经写报告了，要为我办个什么证。

古丽没具体说是什么"证"，但她知道是"革命烈士证明书"。何斯淘拜对古丽说过了，趁他健在，把隐藏多年的秘密告诉组织，古丽的亲生父母是革命烈士，一定要为古丽办"革命烈士证明书"，帕里旦已经走了，他也怕万一自己突然离去，耽误了古丽应得的革命荣誉。

古丽：父亲还说，县里有人陪他去喀什，说不定还要去乌鲁木齐呢！

布鲁安：这的确是件非常重要的事。

布鲁安心想古丽说的证，会是什么证书呢？突然他冒出另外一种感觉，他和古丽可是两个民族啊，万一……这样的证县上会批吗？除此之外，那会是什么证呢？

正在遐想中，古丽说："该你说了。"

古丽的话让布鲁安还沉浸在自己的疑虑中，他将脸上的遗憾抹掉，"嗯，是这样的。"他喝了一口水，像是要先平复下心情。"下午，有几位同志找到我，关心地问我目前的生活呀、工作呀、到新疆这些年怎么过的呀，等等，最后还问我有什么要求。"

古丽：他们从哪儿来？

布鲁安：有从北京来的，还有从喀什来的、县上来的，那阵势，开始还真把我吓着了。后来看他们和蔼可亲的态度，我才平静下来。

古丽：你提什么要求了吗？

布鲁安：我只说希望有读书的机会。

古丽：没说别的？

布鲁安：没有。

古丽：看来咱俩说的事都很重要，现在关键的是今晚想吃什么。我去做。

……

突如其来的两个消息，却让两个年轻人陷入忧虑和遐想之中。他们想去看看雪山，想骑着马奔驰在草原上，看那羊群、那毡房，他们想让心境一点一点开阔起来，让自己能安静从容地面对人生的重要转折。

然而时间却让古丽的心情开始复杂起来了，她已经多日不见布鲁安了。她内心充满了矛盾，纠结，布鲁安要去读书了，他还会回来吗？她暗暗告诫自己，读书是布鲁安一辈子的向往，现在机会来了，自己可不能拖他的后腿。

古丽在心里对自己说：尊重彼此，深爱彼此，成全彼此，顺其自然，即便没有共度余生，也不感到遗憾。

数天见不到古丽，布鲁安心里也犯起了嘀咕：去北京读书是好事呀，为什么古丽躲着不见我呢？或者何斯淘拜大叔办证没办好？那应该告诉我呀。一筹莫展的布鲁安只好去找佚名老师。

谢佚名：你放宽心，我昨天看见古丽了，现在医院比较忙，但我相信她此时心里比你更痛苦。她是深爱你的，给她时间，相信古丽是个好姑娘。

北京派人来找你，证明你是革命后代，起码解决了家庭出身的问题，我想他们会同意你去北京读书这个要求。

终于，布鲁安见到了古丽，就在学校的操场边。古丽大声说："周日，我俩老地方见。"

老地方就是坡坡山上的草地。

周日，两匹马飞奔向老地方，两个年轻人，几乎同一时间到达，二人同时下马，手牵着手，走向老地方。这里太熟悉了，他俩坐卜来，熟悉的雪山、蓝天向他们招手，只是，羊儿不见了，老鹰仍在翱翔。

这坡坡草地是布鲁安当初放羊的地方，也是他第一次见古丽的地方，现在他俩背靠背坐在草地上，怀念当初简单、纯粹的日子。

布鲁安："那天你进帐篷，一身红裙子出现在我面前……"古丽打断布鲁安的回忆："稍等，把眼闭上，把身子转过去，我说好了，你才能睁开眼。"

布鲁安按古丽的话照做。

"好"！

布鲁安睁开双眼，哇，依旧是那身红裙子，看来古丽已经将红裙子作为宝贝珍藏了。

古丽：我先为你跳一曲《古丽碧塔》，然后呢，我俩共同跳《鹰之舞》，再然后呢，我俩坐下来聊天。

布鲁安：好，一切都听你的。

《古丽碧塔》音乐响起，在舞蹈中，布鲁安落下泪。

《鹰之舞》音乐响起，在舞蹈中，古丽落下泪水，舞蹈结束，他俩终于面对面坐在草地上，看着对方。

布鲁安：我上学的通知来了，而且是去北京！

古丽：这是好事呀！怎么闷闷不乐呢？

布鲁安：我不想去了。

古丽：为什么？

布鲁安：因为你还在这里呀！

古丽：记住，读书是你一辈子的梦想，一定要去。

古丽虽然嘴上这么说，然而内心又是十分的不舍，却又难以由衷地感叹。

布鲁安：可是何斯淘拜大叔说的证，到现在还没有办下来。

古丽：你担心什么？

布鲁安：我们是两个民族。

古丽笑出了声，草地的小鸟腾的一下，飞向天空。

布鲁安：你还笑呢！

古丽：我父亲是去申请"革命烈士证明书"，我母亲去世前，讲了我的身世，我是革命烈士的后代，我是汉族姑娘。

布鲁安：真的呀？

他突然想起了奶奶曾经说的，什么时候觉得自己最孤独，就是有了不能告诉别人的秘密。

古丽慢慢讲述了她亲生父母的革命生涯，讲述了养父母的不易。布鲁安沉浸在古丽的讲述中。

古丽说，我们拥抱一下吧。

布鲁安没有迟疑，伸开双臂迎接古丽对他的拥抱。这是他俩的第一次拥抱，感觉真好。突然他紧紧抱住古丽，从草地的坡坡上滚到坡坡下。他俩张开双臂，平躺在草地上，一只雄鹰从蓝天上飞过。

布鲁安坐起来：古丽，告诉你，在这里，我第一次见到你时，我虽然年纪小，什么都不懂，现在每当回想起来，我就觉得那是我青春期的第一次萌动，是我的初恋，是你教会我慢慢地懂得爱和懂得生活。

古丽：布鲁安，当我载歌载舞为你一人表演《古丽碧塔》时，心里想，我要是有你这个小弟弟，陪我一生，我珍惜一生，那该多好啊！

两人紧紧拥抱在一起，古丽慢慢拉住布鲁安的手，用自己的手紧紧地包裹住布鲁安的手。

他们有了第一次亲吻。

热烈、平淡、简单且浪漫。

草原的夜，温暖如初。创伤抚平，青春依旧。

二十

古丽做的饭菜味道，已深深融入布鲁安胃里。古丽的温柔，也成为布鲁安永恒的记忆。

收拾好碗筷，古丽说：今晚你就早点休息，睡个好觉，先去洗个澡，明天一早，你就要去北京读书了。

布鲁安：我……

古丽：别犹豫了，听话。

布鲁安深情望着古丽说：那你今晚就留下吧！

古丽：你快洗澡去。

说着把布鲁安推进洗漱间，靠在门上，古丽两行热泪滚了下来。

布鲁安洗完澡，发现古丽已经走了，桌上留了字条："安，我先回去了，明天我会送你的，记住，将来我会为你生一堆孩子的。"

布鲁安打开房门，一口气追到大街上，远处，依稀看见古丽的背影，大声喊道：

古丽，我一定好好读书，不辜负你……

清晨，县政府门口，县城的人几乎都来送行，他们都听到县广播站的广播，布鲁安今天要到北京上学，这可是塔什库尔干县的大喜事。

学校组织了盛大的欢送会，学生们给他们的老师布鲁安送上鲜花，戴上红领巾。布鲁安准备上汽车了，可是古丽还没有到，他焦急地等待着，坐立不安。

此时的何斯淘拜却十分笃定，他了解古丽，他相信，古丽一定会在她该出现的那一刻出现的，他乐呵呵地站在汽车旁。

佚名老师和丹妮医生肩并着肩，站在热闹的人群当中。佚名老师小声地说：

布鲁安这小子是条汉子！他和古丽，在塔什库尔干县，该记住的，该忘记的，该改变的，他俩都做到了，他和古丽是爱情的守望者。现在见证奇迹的时刻就要到了。

满仓和小芹抱着库尔干。满仓说，布鲁安从容、低调、坚定、勇敢，沉得住气。看来，机会真的是留给准备好了的人的。

小雨呢，她站在欢送人群的最后面，激动的泪水滚了下来，万般皆是命，半点不由人。她曾拥有和满仓一起"盲流"的生活，他俩没有一点越矩的举动，她祈求智慧和巧艺，可横贯南北的一道白茫茫的银河，让他们隔河相望，遥遥相对。

霍林和金狗站在医院的房顶上，他俩就是不成熟的大男孩，平日里就喜欢在夜深人静时对着星空祈福许愿。该成家了，他俩仿佛偷听到天上情侣相会时的脉脉情话。

去北京上学的布鲁安啊，想当初刚上山时，我们欺侮你，你没有还手，而现在呢，我们真诚地祝福你！

政府门口的群众倒是像节日般，情绪高涨，有的挥动国旗，有着拿着鲜花。

送布鲁安的车是辆卡车，他突然爬上卡车的后斗里，面对欢送的人群，大声喊道：

"古丽，你在哪？你在哪儿呀！"

在场的欢送人群全懵了，大家面面相觑，不知道发生了什么，这时只听见由远及近的马蹄声……

"古丽，你在哪里？我在这儿呢！"

古丽骑着她心爱的棕色马儿，身上依旧是那件鲜艳的红裙子，风儿将裙子吹得飘扬起来，从汽车边掠过。

"古丽"布鲁安大声呼喊。

古丽看布鲁安一眼。马儿没停，继续飞奔向前。

布鲁安拍拍车顶：

开车，追。

"古丽！古丽！"

挥手中的布鲁安流下泪水。

公路上的汽车虽然开得很慢，渐渐地还是超越了奔驰的快马。

"布鲁安！布鲁安！"

马背上的古丽流下泪水。

2021 年 8 月 14 日
于德泽草堂

附：

塔之恋

（歌词）

那一年　我们相识在塔什库尔干

那一天　那朦胧中的爱是我的初恋

忘不了　你深情望我的那一眼

忘不了　清清塔合曼河的岸边

美丽的古丽　古丽啊

我是你泪中舞动的羊鞭

美丽的古丽　古丽啊

你是我心中最美的雪莲